Western

DE LA MÊME AUTRICE

Avancer, *Gallimard, 2012 ; Folio, 2022*
Rome en un jour, *Gallimard, 2013 ; Folio, 2016*
Champion, *Gallimard, 2015 ; Folio, 2019*
Toutes les femmes sauf une, *Fayard, 2018 ; Le Livre de Poche, 2021*
Les Impatients, *Gallimard, 2019 ; Folio, 2020*
Feu, *Fayard, 2021 ; Le Livre de Poche, 2023*

Maria Pourchet

Western

roman

Stock

Couverture Le Petit Atelier
Graphisme de la bande © Julia Bourdet
Photographie de bande © Richard Dumas

ISBN 978-2-234-09490-1

« Aimerais-tu un homme
qui a peur ? »

Alfred de Musset
Lorenzaccio, acte I, scène 6
1834

Cela commence à Paris, au théâtre, sur la scène, au centre et au fond, dans l'humeur et l'impatience. Le théâtre c'est comme une mine, un volcan ou une fille. Tout se passe dans le ventre.

Pour le moment le théâtre est fermé, il ouvrira bientôt pour la première du *Dom Juan* de Molière. Pour le moment, on y travaille. Le plateau est éclairé et presque nu : un écran de projection d'environ quatre mètres sur six et, plantée au centre, une porte de saloon ouvrant sur le vide. Rien autour. Sur l'écran gigantesque s'anime à peine un paysage minéral en plein soleil. Une étendue de terre sèche, une chaîne de montagnes jaunes que limitent au tout premier plan quelques végétaux étendant une ombre courte qu'un cheval recherche. L'image assoiffe.

Une répétition en costumes est en cours, enfin pas vraiment en cours, pas encore, comme suspendue. On devrait jouer mais l'on ne joue pas parce qu'on attend quelqu'un. Six acteurs en quête d'un septième patientent autour du metteur en scène dans des appareils contrastés. Elvire porte une robe à paniers, lourdement brodée, Sganarelle est en jean, torse nu avec des éperons, et Dom Alonse comme Dom Carlos portent des costumes trois-pièces sur des tennis. Des vedettes en majorité. Des qui vivent bien de leur art, avec leurs personnages, leurs contradictions, avec ce pesant désir d'être reconnus quand, traversant un restaurant ou un aéroport, ils pressent le pas pour fuir leur prénom. Le Commandeur, celui qui est mort, n'est pas encore là, c'est normal. À l'acte I, il n'est pas sorti du tombeau.

Nous sommes à la veille des représentations publiques et ces gens à haut capital social s'emmerdent. Elvire consulte sur son téléphone des photos et autres contenus spécifiques ; Dom Carlos fume des clopes qu'il a classiquement tapées aux techniciens ; la statue du Commandeur, un type dans les vingt-deux ans qui vient d'arriver, demande avec un petit ton où est la diva. Sganarelle effectue mezza voce de perturbants exercices vocaux, « empoigne par la poignée du panier les pots posés sur le poignant piano, empoigne par la poignée du panier », et Gusman veut savoir si on va rester comme ça longtemps. Comme ça comment ? Comme des cons.

Au téléphone et en retrait du plateau, le metteur en scène se masse les sourcils et profère d'assez audibles grossièretés. C'est normal aussi.

Il fait face, à deux jours de la première, à l'absence de Dom Juan lui-même.

Le Dom, c'est Alexis Zagner, la gueule du siècle – du début surtout. Son contrat s'élève à cent cinquante mille euros, dont les deux tiers en minimum garanti, la pièce s'est montée sur lui sinon pour lui. Il devrait être là depuis plusieurs heures et personne ne l'a vu depuis. Depuis quand d'abord ?

Eh bien Dom Alonse et Gusman l'ont vu la semaine dernière, tous les trois ont déjeuné avec cette petite journaliste pour évoquer le spectacle.

— Et ?

Un moment agréable. En verve comme d'habitude et reprenant à son compte la note d'intention du metteur en scène, Alexis prétendait en la jouant montrer enfin cette pièce pour ce qu'elle était. Visionnaire, articulée autour d'une figure hypermoderne de la dissidence, Dom Juan, fuyant une société malade d'avoir mis la sexualité au centre de son imaginaire. Dom Juan, disait Zagner à la journaliste, voyage trois actes sur cinq, une exception pour un personnage de Molière. Il parle et se déplace, cherchant toujours le désordre d'après, laissant la société dans l'état où il l'a trouvée, piaillante et ulcérée. La petite notait et Alexis se resservait du vin. L'acteur allait bien, de toute évidence, l'homme aussi.

Qu'Alexis se précipite sur tout ce qui porte un micro et sur une occasion de déjeuner gratis ne constitue pas une information pour le metteur en scène, Alexis a ceci de commun avec le rôle qu'on lui confie qu'il bavarde et qu'il avale. La question est qu'a-t-il fait depuis et où est-il à présent ?

— On s'en fout, éructe aimablement la très jeune statue du Commandeur, il est en retard, les divas c'est comme ça. On n'a qu'à faire la scène 2, il n'est pas dedans.

Bien qu'on ne lui demande rien, Sganarelle confesse ne pas savoir ce que fout le premier rôle. Il n'a pas déjeuné à l'extérieur depuis un moment car il apprend son texte, lui. Et même tout le texte, aussi connaît-il toutes les répliques de Dom Juan, soit dit en passant et dans l'hypothèse où. Une hypothèse qui ne fait pas lever un sourcil au metteur en scène. Pendu à son téléphone, il fait sonner ceux du directeur du théâtre, du secrétaire général, de la déléguée du ministère, de l'agent d'Alexis, du restaurant d'à côté, d'un sien camarade de murge qu'il sait également proche d'Alexis. Ceux qui répondent ne savent rien et n'ont eu accès, sur ce qui fut la messagerie d'Alexis, qu'à un fort perturbant « SFR vous signale que le numéro n'est pas attribué ». On se résout à appeler Olivia, son épouse légale.

Dans le vide.

Bientôt on constatera que les comptes ouverts sur les réseaux sociaux qu'Alexis fréquentait sans assiduité ont été supprimés. Quelqu'un qui n'avait encore rien dit et qui doit jouer Dom Louis, le père de Dom Juan, prononce avec beaucoup de métier, faisant vibrer la négation et la virgule :

— Ce n'est pas un retard, c'est une disparition.

Et la dernière syllabe explose comme si la phrase finissait dans un trou. Dispari-tion ! L'effet est saisissant.

On entend enfin Elvire, dont le beau regard grave et profond faisait mercredi dernier la couverture de *Télérama*, se souvenir d'avoir croisé Alexis ce dimanche. Il était seul et sans but apparent. À l'angle des rues Madame et Vaugirard, ils avaient bavardé.

— Ah tu l'as vu dimanche, eh bien dis-le.

Oui, elle le dit, si on veut bien la laisser finir. Alexis était très pâle. Interrogé, il avait prétexté la fatigue et les dernières répétitions, la scène du face-à-face avec la statue du Commandeur l'avait ébranlé comme un novice. Mais elle avait songé, Elvire, avec toute sa gravité et sa profondeur de regard, qu'il avait des ennuis. Ce n'était pas une pâleur de transfert comme on voit chez les Macbeth et les Antigone mal entraînées mais une vraie. Il était blanc.

Blanc, d'accord. Bon. Merci pour le diagnostic mais une gastro-entérite n'a jamais constitué un motif suffisant pour s'évaporer à cinq jours de la générale. Elle est conne, elle, s'agace par-devers lui le metteur en scène qui n'en voulait pas de cette Elvire de cinquante balais, condition émise d'en haut par la déléguée du ministère qui ne souhaitait pas, elle, fourrer une effrontée de vingt-deux ans dans les bras d'Alexis Zagner. Retenu et déconstruit comme il est.

Elle est conne mais elle est là, a entendu Elvire.

Enfin elle était. Elle va disparaître elle aussi, tiens, ciao, plein le dos de cette robe XVIIe en polyamide qui gratte à mort. Pièce de merde, siècle de merde.

Plus d'Elvire. Et bientôt exit Sganarelle, vexé que sa suggestion d'intérim fût à ce point lettre morte. Il se voyait d'ici assumer les deux rôles, dans une figure bicéphale et subtilement monstrueuse confondant le malade et son médecin, le diable et le clergé, la déviance et la morale, qui n'aurait pas manqué de gueule et d'à-propos. Dom César, de nature suiveuse, les a suivis. Ce n'était ni de son âge ni de son rang, attendre sous un spot un impoli même plus sociétaire de la Comédie-Française, faiseur de téléfilms. À demain même heure.

Formidable. Manquerait plus qu'une grève des techniciens.

Le metteur en scène panique crescendo, à croire qu'il ne maîtrise pas les références qu'il prétendait avoir. Son plateau nu, la porte inutile et le désert en papier peint, c'est pourtant clair, c'est même criant que cela commence. Dans les westerns, le théâtre que constitue l'artère principale est toujours vide, au vent près qui soulève la poussière. L'homme qu'on recherche est ailleurs, dans la plaine, dans les têtes.

Quelques mois plus tôt, dans la même ville, une femme emprunte un ascenseur, une femme un peu quelconque, bientôt sortie sur le trottoir et que la ville bouffe direct avant même qu'elle ait pu la regarder. Pas si quelconque de près, une belle peau, des muscles et des yeux luisants, tout noirs, de petit gibier. Elle a déjà le cœur au bord des lèvres à 9 h 10, c'est comme une habitude. Elle s'appelle Aurore. Aurore crève de chaud, ses cheveux collent en paquets sur sa nuque, une mince auréole s'étend entre ses omoplates mais sur du blanc ça ira. À la façon d'un grand sac, elle déplace dans la rue son corps déréglé, à la fois sec et plein d'eau, luttant sans intuition contre une chaleur qu'il ne sait pas comment faire sienne, pas encore. Il fait déjà vingt-huit degrés. Le sac a pour seule inspiration d'être balancé à l'eau le plus vite possible, comme ça il irait d'instinct à la Seine, mais il attendra. Où est-ce qu'on a bien pu garer la bagnole ?

Nulle part. On n'en a plus. La conduite et les insomniaques, c'est comme l'alcool et les médicaments, jamais ensemble.

Cette nuit encore, la fatigue a tenu bien éveillé le corps d'Aurore qui fonctionne depuis un moment sur la réserve. Inépuisable tambouille mixant ensemble la haine entêtée de soi, la culpabilité systématique, la résistance pathologique à l'hostilité professionnelle, la résistance apprise aux opiacés et un obsessionnel sentiment de retard sur tout, la réserve permet de tenir longtemps, Aurore en est la preuve anémiée mais vivante. Ce matin elle a songé qu'elle ne tiendrait pas une journée de plus.

Bien vu.

Vingt minutes plus tard vers Levallois-Perret, auréole séchée, cheveux humides de la nuque fourrés à la base du chignon mal foutu, Aurore entre dans un bâtiment très facile à lire. Il est plat et allongé, pensé à l'image de ce mode de travail que l'entreprise se tue à développer depuis désormais vingt ans, horizontal et collaboratif. Elle y remonte une allée vitrée, distribuant des alvéoles vitrées, évoquant l'éternel fantasme de la relation entre collaborateurs, la transparence. Gentiment fasciste ambition managériale, pas attaquable sur le fond mais qui impliquerait a minima que les collaborateurs soient là. Qu'ils reviennent.

On dirait qu'il n'y a que nous.

C'est qu'il s'agit d'une entreprise de services privilégiant le travail à distance et le métier d'Aurore ici relève d'une catégorie claire, théorisée en sociologie du travail : les jobs à la con. Une taxinomie qui fut longtemps réservée au service des cafés latte dans les halls de gare ou au transport de pizzas par des cyclistes sans casque mais plus maintenant. Un jour, dans un article, quelqu'un a objectivé la détresse intellectuelle d'Aurore en norme et depuis elle sait ce qu'elle fait, c'est bien. *A non-operational bullshit job*. Concrètement, elle est depuis deux ans coordinatrice de projet, un projet d'avant la crise, périmé et inabouti dont on peut s'épargner la description. Cela n'aura bientôt plus d'importance.

Aurore attend dans un couloir qu'un supérieur la reçoive, c'est prévu. Elle parcourt, centimètre par centimètre, la progression d'un lierre véritable sur le mur peint, son ingéniosité à envelopper les obstacles dont une rampe métallique, une applique en verre, une corniche, à les étouffer, à revenir sur lui pour masquer les espaces nés de son propre enchevêtrement, à gagner, à supporter par endroits son propre poids par l'épaississement soudain de ses tiges, à le fuir par un surgeon, fixant les extrêmes de ses plus débiles ramures aux microreliefs de la peinture de plus en plus près des ouvertures, histoire d'aller filtrer la lumière partout où elle frappe. Devant ce défi d'intelligence et d'adaptation rampante, semblant soutenir le mur qu'en vérité ce lierre dévore sous prétexte d'ornement, elle voudrait qu'on lui apprenne que le premier homme ne descend pas de la dernière brute crétacée mais du végétal.

— Mais ne reste pas dans le couloir, entre, tout le monde est là, apparaît bientôt le supérieur, excessivement souriant.

Passons sur le café, la météo, le cours de l'action. Aurore apprend à peine assise que son travail à la con n'existe plus.

Et pourtant tout va bien en ces lieux. L'entreprise de rien jouit des nouvelles richesses offertes par le capitalisme numérique. Avec la généralisation du télétravail (deux collaborateurs sur trois à la maison) on a fait des économies de loyer, d'intendance, et l'on a perdu cette fâcheuse habitude des voyages en premium pour visiter les succursales et les clients. Ils rendent très bien à l'écran, les clients, fallait-il une crise sanitaire pour s'en apercevoir.

Alors pourquoi on la sort, Aurore, mère célibataire, dans l'été brûlant ?

Parce que la fabrique de rien se digitalisant de plus en plus, le pouvoir se déplace vers les détenteurs de la technique numérique, et d'iceux Aurore ne fait pas partie. Il lui manque des choses, des réflexes.

— Il te manque un peu l'envie d'apprendre, lui reproche présentement le supérieur, arguant que ce ne sont pas les formations qui manquent.

C'est tout de même dommage, être à ce point la bonne personne au bon endroit et n'en rien faire.

La bonne personne c'est être une femme. Le bon endroit c'est là. N'en rien faire, ça veut dire qu'au concours improvisé de l'adaptation auquel la crise avait appelé tout le monde Aurore avait perdu.

Je crois qu'elle n'a pas gagné souvent, Aurore, mais qu'importe. Dans les westerns ce n'est plus la conquête qu'on filme, c'est la route.

Aurore lève les yeux vers l'autre moins supérieur, Emmanuel, qui baisse les siens. Un an auparavant, lire le prénom Emmanuel sur un compte-rendu ou à la fin d'un courrier lui donnait envie de se déshabiller. À présent ni chaud ni froid.

— On va te trouver *quelque chose*, tu as tout de même fait ton *trou* ici, promet le gradé à côté d'Emmanuel.

Alors un trou c'est en négatif. Aurore entend qu'elle n'est pas quelqu'un mais une lacune, ça l'étonne à peine. Une lacune qui n'a pas un métier mais *quelque chose*. Et l'autre répète, avec un embryonnaire brin de sadisme et son sourire que moi je lui aurais fait bouffer, qu'ici il est décidément bienvenu d'être une femme.

Pardon mais pour le moment Aurore n'est pas une femme mais une réduction. Un précipité de fatigue, d'inquiétude, d'ironie et d'eczéma. Elle se gratte l'avant-bras au sang à travers le coton d'une chemise dangereusement blanche, dans une seconde ça va se voir. Ça se voit.

— Ça va ? Tu saignes ?

— C'est rien.

C'est vrai, ce n'est rien. C'est la machine qui craque. Sans qu'elle soit tout à fait démonstrative, la machine, on peut toutefois compter sur elle pour s'exprimer plus clairement que les hommes.

L'instant d'après c'est déjà le déjeuner qui déplace Aurore dans un autre décor, vers la rue Louise-Michel. Elle trotte, soudain réveillée. Et voici qu'elle court, inutilement car elle est très en avance, et où d'abord ? Au 78, un immeuble étroit, années 1990, dont l'ascenseur requiert un code qu'elle a oublié pour la première fois. Impossible de se souvenir ne serait-ce que du premier chiffre.

Trois étages sans ascenseur, les marches qu'elle s'envoie par deux alors qu'une demi-heure plus tôt elle se serait allongée dans le couloir pour dormir, tout ça pour sûrement attendre. Mais ce n'est pas l'heure qui l'agite, Aurore. Il semble qu'elle se presse pour la beauté du geste, qu'elle veuille s'ajouter des battements cardiaques entre les battements standard, forcer sa chair à la contraction piquante qui devrait naturellement précéder ce genre de rendez-vous. Elle atteint la porte un peu plus suante, encore un peu plus chaude que tout à l'heure, c'est mieux, et bientôt sur le canapé dépliable elle ferme les yeux sur des fantasmes familiers. Toujours les mêmes depuis l'école, un homme devant, un homme derrière, et elle bien tenue, envahie et bloquée. Elle s'interrompt à l'acte II du gang bang, ayant établi des conditions physiologiques acceptables pour la situation. Elle se parfume, se remaquille, se décoiffe, et bientôt qui passe la porte, avance et la rejoint sur le canapé ?

Emmanuel.

Sans un regard pour les traces de verres laissées par ses clients Airbnb, pour ce nouveau trou de cigarette dans l'accoudoir, on verra cela après, Emmanuel déploie un buste gracieux juste au-dessus d'Aurore qui l'attrape par la nuque, allant fixer ses lèvres sur son cou du geste certain qu'on aurait pour se brancher à l'électricité, si l'on marchait à ça. Il vire ce qu'il reste de chemise, de chaussures mais pas tout, et sa tête entre ses adducteurs à elle, il dit t'es belle, tu sens bon. Elle est surtout maigre mais ce n'est pas le moment d'en parler. On entend « oui » plusieurs fois en cascades, des phrases obscènes dépourvues d'imagination échouant dans leur but et dans les gorges, le sexe d'Emmanuel menant une vie propre, molle, en retrait de cette vaine bousculade. On entend le bruit des sirènes vers l'hôpital Henri-Mondor et des éclats de voix à l'étage. Dans le mélange de femme, d'homme et de tissus apparaît soudain un objet bleu et fusiligne, étonnamment rudimentaire au regard de ce qu'offre le marché des loisirs créatifs en la matière. De la main droite d'Emmanuel le truc bleu passe dans le sexe d'Aurore avec une indiscutable adresse, l'habitude quoi, tandis qu'Emmanuel de son pouce gauche masse le clitoris à peine enflé d'Aurore dont le corps entier se contracte autour, abolissant

Emmanuel qui n'attendait que ça, semble-t-il, pour enfin bander. L'objet l'atteint loin, au centre, plus aveuglément que n'importe qui et la fait passer du plaisir à la douleur très vite, de la douleur au plaisir car l'outil se trompe de nerfs un coup sur deux mais ça marche. Lui regarde tout près le tremblement de son sexe en HD, très gros plan, c'est beau suffoque-t-il, jouissant proprement à son tour tandis que le machin bleu s'extrait un peu tout seul. Aurore ne gémit pas vraiment. C'est plus une exhalaison, quand on rend quelque chose avec le souffle.

Instantané de femme en poupée Corolle, bouche en trou adaptable aux tétines, avec ses accessoires, ses yeux fixes, son odeur de brioche et de pétrole.

Alors pourquoi tout ce tralala, le parfum, le cœur en avance sur son temps, la répétition, les mots, les baisers dans le cou, pour un geste gynécologique avec un collaborateur ?

Pour le tralala.

Et par quels chemins, renoncements, parvient-on à cette fracture d'avec les hommes, d'avec l'amour, d'avec la joie, pour la simple sensation du moteur, celle qui vous renvoie à la solitude la plus totale dont un adulte puisse se souvenir, l'enfant qui joue sur son corps un plaisir panique et déroutant ? Comment ?

Aucune idée. Elle va bientôt se poser la question, Aurore, mais ça doit passer par un petit effondrement. Pour l'instant elle fonctionne, tout fonctionne.

— Putain ! ne se contient plus un Emmanuel rhabillé, à propos de la marque de cigarette sur le canapé, encore une.

Un, deux, désormais huit trous de clope dans un canapé de l'année dernière. Il les déteste, ces vandales, cette chambre il va la bazarder, marché stagnant ou pas. On ira à l'hôtel. Et d'expliquer à Aurore refermée qu'il préfère s'asseoir sur la plus-value plutôt que sur un cendrier, pas toi ? Non, pas elle. Elle s'en fout des plus-values, elle loue. Elle souscrit à des crédits à la consommation à 7 %, pas à des prêts immobiliers. Et surtout elle n'écoute pas. Toujours nue, tachée, poisseuse, toujours là mais déjà partie, ses cheveux bruns rassemblés en rideau sur son visage, une main posée sur son ventre. Elle est passée d'un coup de l'obscénité scolaire d'Emmanuel à son royaume à elle, le lointain, là où s'oublient les codes d'ascenseur mais pas les prénoms, ni les poèmes. On dirait qu'elle dort.

— T'es pas avec moi, suppose lucidement le collaborateur.

C'est dans la rue, en fin de journée, que la fin l'a prise davantage. Au moment d'entrer dans le métro pour rejoindre l'école, ses genoux avaient comme disparu. Elle a dû s'appuyer longtemps à la rampe ouvragée, évanouie debout. Avant de repartir. Puisque ça marche encore, puisque quelque part dans la ville insupportable un enfant l'attend devant un établissement privé. L'emprunt à 7 %, c'est pour l'école. Pour les loisirs aussi, pour les choses et l'électricité, mais surtout pour l'école.

Elle aperçoit Cosma à quelque vingt mètres, en conversation avec la directrice. Elle sourit, elle pourrait courir, quotidiennement bouleversée, elle pense : celui qui l'abîme, qui le peine, qui le bouscule, je l'égorge avec les dents, rien à foutre. Elle peine à imaginer le motif de cette convocation adressée dans la journée par la directrice. L'enfant est un ange, regardez-le, blond, fragile, avec son prénom céleste.

Il a embrassé Marguerite.

Et ?

Il a embrassé Marguerite sans lui demander.

Et ?

Dans le couloir. Il l'a attendue dans le couloir. Marguerite va bien, ses parents s'occupent d'elle. Marguerite n'a pas de traumatisme apparent.

Et ?

Et vous êtes marrante. L'institutrice a appliqué le protocole de sécurité comportementale comme elle a pu, la pauvre, mais au moins elle n'a pas crié. Elle a d'abord éloigné Cosma, sécurisé Marguerite dans la salle des maîtres, appelé les foyers parentaux. Cosma a un texte à lire à la maison en présence du parent référent, que peut-on faire d'autre. Le reste appartiendrait aux familles, n'est-ce pas, enfin dans l'idéal. La directrice ne vise personne mais Aurore par exemple ne donne pas beaucoup de temps à la cellule des parents vigiles. Elle n'est jamais là aux réunions.

C'est vrai, jamais. Un point. Aurore est toujours ailleurs, à chercher ce qui lui manque. Un homme, de l'argent, un orgasme, une formation, toutes choses vitales. Ce n'est pas comme si elle cherchait du sens, merde.

— C'est laquelle, Marguerite ?

Aurore cherche à deviner dans la cour le visage choisi par son ange, forcément le plus beau.

— Marguerite n'est plus là, elle est rentrée après l'accident, je vous l'ai dit. Dis à ta mère pourquoi tu as fait une chose pareille, Cosma.

Aurore pense plutôt crever que répondre à sept ans d'agression. Et ça lui recommence, le goût du sang dans la bouche, prélude à la lutte en terres non évangélisées. Le premier dans cette ville décadente qui l'approche, qui l'humilie, elle le mord.

— Parce que figurez-vous, soupire la directrice, il l'aime ! Il ne comprend pas pourquoi on ne se jette pas sur les petites filles.

Il ne s'est pas jeté.
Vous n'étiez pas là.
Il s'est jeté ?
Non.
Bon.

Cosma, fils unique et solitaire, sait peu de l'enfance mais beaucoup des adultes. Il a passé le clair de sa vie avec eux. Il connaît leurs cris, leurs messes basses, leur épouvante, il a observé leurs limites et leurs emballements. Sans être savant puisqu'il n'y réfléchit pas encore, il est informé. Lui paraît évident par exemple que la directrice est plus perdue que lui. Et que sa mère est dans son état habituel, quelque part entre s'en foutre et s'excuser à genoux. Son état habituel en encore plus pâle.

Marguerite reviendra demain. Nous allons réinstaller les tables de manière à ce que Cosma en soit éloigné.

C'est un cauchemar ?

Oui.

La directrice a demandé, avec une soudaine bonté, une véritable inquiétude, ce qui se passait « à la maison ». Mais comme ce qui se passait n'avait pas de nom, que c'était trop humble et trop étouffé pour avoir un nom, Aurore a haussé les épaules. Elle a encore dû passer pour ce qu'elle n'est pas, méprisante et à l'ouest.

— On y va, maman ? a proposé Cosma.
— Ce n'est pas toi qui commandes, mon garçon, nous n'avons pas terminé avec ta maman.

Si, c'est lui qui commande. Franchement c'est mieux.

Voilà, soir, ciel rose et dioxyde d'azote, encore cent mètres pour arriver chez soi. Le soleil rasant dore la pâleur d'Aurore, on pourrait penser que ça s'arrange, avec la main en menotte de Cosma qui la tient au sol à coups de questions empiriques.
— On mange quoi, ce soir ?
Elle a voulu répondre. Elle se souvenait d'un gros sachet vert et givré mais plus du mot pour désigner le légume qu'il contenait. Quelque chose de facile à faire que Cosma mangeait souvent avec du… comment ça s'appelait, ça aussi, le truc blanc ?

— Je sais pas, mon amour, on verra.
— Je peux te poser une question grave ?

C'est quelqu'un qui a toujours aimé répondre, Aurore. Le problème c'est les questions. Personne n'en pose. Parfois elle prend rendez-vous avec des types sur le Net, couche avec, juste pour la propédeutique de la baise, le verre et la partie questions. Les vingt minutes à répondre sur soi en commençant par « je », pronom de l'imaginaire.
— Bien sûr. Même deux ! qu'elle se précipite.
— Tu le sais, toi, que mamie, elle est morte ?
— Elle n'est pas morte, mon chéri, elle est à la campagne. C'est très différent.
— Si, elle est morte. Elle me l'a dit cette nuit. Elle m'a réveillé avec du vent pour dire au revoir.

Cosma est de ces enfants qui annoncent les choses, qui sont prévenus. Pluies, départs de feu, départs du père, ils le savent avant, c'est comme ça. Aurore ne l'ignore pas, qui sent déjà se nouer son cœur gauche, l'air manquer. Maman est morte, on va bientôt lui téléphoner. Un notaire ou quelque chose comme ça.

C'est une heure plus tard, dégivrant sous l'eau chaude le sachet vert et le morceau blanc qu'elle échouait durablement à nommer, qu'Aurore est tombée de sa hauteur, dans le froissement de son joyeux kimono en viscose. Un son doux et franc de voile abattue, les mains gracieusement agrippées une seconde à la vasque, pour rejoindre très vite le reste du naufrage, accompagnée du non moins joli son que fait la peau humide en glissant sur la faïence. J'ignore si, dans l'histoire poussive de la libération des femmes par elles-mêmes, toutes celles qui se sont écroulées sur le carreau de leur cuisine avaient autant d'allure.

Elle s'est réveillée sur le dos, a goûté un bref instant le merveilleux engourdissement de la claque. Quelque chose de puissant, de rudimentaire avait pris la machine en charge en l'assommant avec méthode, telle une mère violente et juste. Le carrelage lui-même semblait diffuser un sédatif. Cosma lui prenait le pouls ainsi qu'il l'avait vu pratiquer à la télévision. Elle chercha à formuler une phrase propre à le rassurer sur la continuité de l'écosystème domestique : elle allait se lever, le nourrir, le reconduire demain sur les lieux de l'instruction obligatoire et travailler en avalant des cachets pour maintenir leur relative indépendance matérielle.

Le temps qu'elle parvienne à émettre un son, l'enfant n'était plus dans la pièce mais occupé, côté rue, à appeler tous les noms sur l'interphone jusqu'à ce que quelqu'un, au troisième, réponde « oui ».

Sur son téléphone patientait un message qu'elle écoutera le lendemain, l'hôpital de Villeneuve-d'Aveyron qui dit Votre mère est décédée, amputant l'annonce. L'intégralité du message serait Votre mère est décédée, laissant vacante sa maison sur le causse de Cajarc (Lot, 46), tandis qu'ici, gonflée de particules fines et d'amertume, vous ne supportez plus la cuisson latérale du ciel et du bitume. Laissez-vous faire.

Tandis que les pompiers la berçaient professionnellement, imprimant au brancard ce mouvement pendulaire qu'on espère maîtrisé entre le mur et la rampe d'escalier, tandis qu'on parvenait ainsi devant l'immeuble et avant que d'être fourrée dans le réconfortant véhicule, elle s'est souvenue des mots.

« Épinards ». « Colin ».

Et puis surtout le mot pour dire ce qu'elle avait. Le mot de la fin en somme. Ce n'était pas un mot mais un trouble, qui passait par les veines, par le sang pauvre en fer, pour monter vers le cœur qui l'a entendu en premier et l'a dit à tout le monde. C'était très tiède, envahissant et presque musical. C'était « épuisement ».

Ce serait là le bon moment pour lui demander mais que se passe-t-il, Aurore. Elle pourrait répondre en face je suis sans ressource. Je suis vide, à peine un reste de vie rassemblé dans ce mouvement limité et timide qui est le mien depuis mon enfance de fille et dont participe jusqu'à mon langage. Mes phrases courtes et polies pour dire, depuis des années, je ne viendrai pas, pardon, pardon je suis fatiguée, j'ai un enfant, je n'ai pas faim, maman est morte, je rappellerai. Je marche depuis des lustres au réflexe et sur la mémoire du ressort. La fin du modèle et la fin des ressources, ce n'est pas que les pays, c'est nous. Et j'ai toujours été de mon temps.

Coïncider de tout son corps avec son temps, elle a l'habitude, c'est vrai. L'époque a toujours fait d'Aurore ce qu'elle voulait, sans souci des contradictions. Elle a tout avalé sans rien dire. À commencer par Tchernobyl à six ans, à pleins poumons, puis les conneries sur l'Europe réunifiée en pleine tête, la pilule microdosée, le non à Maastricht, le sperme, d'abord un peu puis tout car dans *Elle* on disait que c'était coupe-faim. Du jus d'ananas pour maigrir, des médicaments pour les problèmes de thyroïde avalés avec l'explication. Non, les thyroïdes déglinguées ce n'est pas Tchernobyl, les chiens d'Ukraine à six pattes oui, mais pas elle. Elle a cru à l'amour comme marché, à la libéralisation des échanges hommes-femmes, elle a pensé en termes d'offre et de demande, puis offensive et force de vente, s'est appliquée à déclarer ses sentiments la première, y compris sans certitude, s'entraînant ainsi à ne plus être un objet passif du désir. Elle a cru au travail, à la patience et qu'en France on pouvait rire de tout. Elle a cru pour un discours de vieux stal moins mal écrit que d'habitude que le communisme était une idée neuve. Elle est descendue dans la rue. Elle est remontée, fourbue et aspirant fermement au clan, à la propriété. Elle a travaillé plus pour gagner la même chose, puis travaillé moins pour aucune différence, elle a été normale et cynique, libérale et ratissée, amoureuse, patiente, infidèle, sadique et à nouveau calme, a fait des injections sous la peau, écoute encore Noir Désir sans faire exprès quand ça passe, lit la presse quand ça sonne. Par alerte sans verbe, par scandale. Elle manque de temps, d'informations, d'idées, elle manque de gens pour lui dire de quoi elle a l'air, ce qu'elle devrait faire pour inverser la courbe, elle doit tout à ses parents, à l'entreprise, elle doit vingt-six mille euros au Crédit Lyonnais sans compter les pénalités, elle doit son fer assimilable à la Sécurité sociale, elle manque d'arguments pour ne pas se haïr de devoir tant, alors elle en rajoute. Elle doit désormais dix balles par mois à l'Unicef par virement automatique, elle ne sait pas dire non et ils sont venus par deux dans l'immeuble. Ils sonnent à l'heure du repas ou du bain des enfants et vous demandent gentiment ce que vous faites pour les autres, les agonisants et les analphabètes. Elle a signé sans regarder, après tout dix euros de plus ou de moins sur un découvert. Enfin, voilà, de son temps, Aurore, le nôtre. Anorexique et repenti, une vague honte et la carence un peu partout.

Aussi, nous y sommes, tout au bord du western.

J'entends par western un endroit de l'existence où l'on va jouer sa vie sur une décision, avec ou sans désinvolture, parce qu'il n'y a plus d'autre sens à l'existence que l'arbitraire. C'est un lieu assez nu, on s'y rend au sens du verbe « se rendre ». L'autre y est un décor et le temps dilaté. Le western se fout de son temps et de faire avec, il va contre. Ne coïncident plus l'homme et le manque mais l'homme et la plaine.

Quelque chose précède toujours le western : une logique violemment personnelle et dérisoire, vouée à finir, faite d'ordre et de ville, de liens et d'habitudes. Et de dettes.

Le même jour et toujours dans la même ville, neuvième arrondissement, trente filles se présentent au premier tour pour l'entrée au Conservatoire d'art dramatique. Voici deux heures que Musset, Racine, Molière, Feydeau, Claudel, Beaumarchais, Corneille passent par le corps de Bénédicte, Zoé, Naïma, Lotte, Frédérique, Marie, Prisma, Élise, Machine et les terrassent, les gonflent de génie, de monstruosité, de grâce ou juste d'effort, les éclatent dans l'illusion suicidaire de jouer le tout pour le tout, expulsant dans l'air leur sueur et le peu de salive qui leur restait en entrant dans la pièce. Musset, Racine, Molière, Feydeau les secouent, les dominent et enfin les projettent, épuisées, assoiffées, par avance haineuses et jamais prêtes à la descente, tout contre la table rudimentaire des jurés.

Deux femmes et cinq hommes, comédiens et scénographes méthodiquement attentifs, qui les ont trop vues ces empoignades débraillées de trois minutes entre fantômes et récitantes, archivues.

Bouillon de chair, de vers, de siècles, de travail, et les petites possédées qui n'ont pas encore répondu à la question « que faire de ses mains sur scène », qui les tordent ou les tendent, ras le bol. Une fois la porte franchie dans l'autre sens, elles leur feront des doigts, quasi toutes. Suivante. Bajazet, oh putain, sablier, trois minutes. Suivante.

Alexis Zagner est l'un des six du bon côté de la table et de l'existence. Il n'a d'autre souci pour le moment que tenter d'adapter sa voussure au dossier thermomoulé d'une chaise en plastique, supporter le répertoire dramatique par tranches de trois minutes et surtout réprimer ce systématique relent de fierté. Il a été, voici vingt-cinq ans, lui-même accepté ici, au premier puis au second tour. Il préférerait s'en foutre, avoir oublié, ce contentement tenace et vulgaire lui rappelant à quel point « trahir sa condition », selon la formule glaçante, précipité de pensée classiste, à quel point trahir sa condition néante c'était pas gagné. Les théâtres de toute la chrétienté s'arrachent Alexis de septembre à juin, et lui, indécrottablement, frémit d'être celui qui dit non, pas elle, encore une fois pour voir, moui, peut-être, voyons le parcours libre. Qui change des vies ou pas. Qui voit s'avancer vers lui les gracieuses, leurs têtes de celles qu'on va donner aux lions.

Alexis est au premier abord ordinaire et même curieusement sans qualités apparentes pour son art. Rien chez lui qui témoigne de ces infirmités qui feraient les acteurs, leur rage, leur succès. Ni petit, ni très grand, ni roux non plus, ni frêle, ni très beau, visage sans saillies ni surprise et, à l'entendre énoncer ses sentences, ses notes ennuyées entre 0 et 8, il n'est ni bègue ni brisé. C'est donc l'autre hypothèse : il est malade, d'où son talent. Habité de ce génie sans traces qu'est la névrose. Suivante.

— Je vais vous passer Nina dans *La Mouette.*

Troisième *Mouette* de la matinée, troisième fois que personne ne s'envole. La comédienne est prévisible et son Treplev envahissant pour une simple réplique.

— *La nuit tombe ; toutes les choses paraissent sombres. Ne partez pas trop tôt, je vous en supplie,* déclame le candidat avec de petits effets de branleur qu'Alexis connaît bien.

Accompagner les phrases avec l'index, tracer dans l'air les virgules et les points, c'est sa marque à lui, Alexis, depuis vingt-cinq ans. En vérité un tic, un précoce défaut de formation cultivé et poli, devenu un style avec le temps et la notoriété. Repère pour le public et bien plus pour Alexis, cet index indiscipliné lui dit à l'oreille qu'il a gagné. Ce sont les pauvres qui se corrigent. Chez les puissants, les approximations c'est la personnalité, et les défauts c'est la grâce. Qu'une maladresse fasse école, la preuve en ce Treplev, lui rappelle qu'il a conquis le droit de ne rien réprimer de lui-même. Il ne voit pas plus loin, j'en jurerais.

— *Je vous aime, Nina.*

— Merci !
— *Qui est là ? C'est vous, Yakov ?*
— Merci ! Vraiment ! Merci, jeunes gens.

Alexis regarde profondément les filles. Pas les prestations, les filles pour elles-mêmes. Au moment où elles entrent, quand rien ne les précède que leur crainte qui les dénude et avant que le texte, la voix et les effets les rhabillent, il déploie sur elles un regard qui les constitue. Elles savent alors ce qu'elles sont dans le regard de ce juré-là. Une enfant ou un meuble ou un détail dans un décor, un objet du désir, donc une femme, ou personne, ou une biche. Selon la série à laquelle elle est ainsi renvoyée, c'est pour la fille dégueulasse, injuste, grisant ou déjà terminé. Je doute qu'il le sache. Alexis a conscience qu'il regarde, évidemment, une conscience tranquille et satisfaite d'autant qu'il est là pour ça, mais mesure-t-il à quel point son regard forme à l'instant l'idée qu'elles auront d'elles, pour trois minutes et même pour la suite ? Non. Suivante.

Ravissante.

De Chloé, Alexis dira plus tard qu'elle portait sa beauté comme un vieux pull, sans réfléchir, que c'était irrésistible. Elle concourt dans le rôle de Sonia, *Oncle Vania*, parce qu'elles veulent toutes jouer l'amour.

– Je l'aime. Je regarde la porte : il me semble toujours qu'il va entrer.

Alexis se redresse, son fessier glisse au bord de l'assise, genoux serrés, mâchoires tenues. Il aime tout de ce qu'il voit, l'extraordinaire naturel de la position des mains, de la nuque, tout. Le texte précise que Sonia est laide et s'y préparent en général les candidates quelconques. Alors, selon les jurés, la ravissante Chloé affecte envers l'atout plastique dans ce métier une indifférence trop démonstrative, ces petits effets d'humilité énervent tout particulièrement Élisabeth, la dame du ministère. Parce que c'est faux, parce que tout le monde le sait, la beauté force les gens, les décisions, ce n'est pas un accessoire qu'on dépose et qu'on reprend, allez suivante. Non, encore. Alexis conteste, il veut la revoir, quasi certain d'assister à une « adjani » – nom commun, se dit d'un phénomène de planches tel qu'il en apparaît un par demi-siècle, l'équivalent esthétique d'une claque. Claque qu'il est bien le seul à recevoir. Sa note à Chloé sera la plus élevée de la matinée mais personne ne le suit, l'occasion de lui montrer qu'il ne règne pas sur ce jury comptant plus largement que le talent stagiaire de Chloé. Suivante. Marie dans *Lorenzaccio*. Ça manquait, tiens. Une pièce signée de M. Alfred de Musset mais écrite avec la collaboration de Mme George Sand. Oui, oui, allons-y.

— *Aimerais-tu un homme qui a peur ?*

La question est posée comme si la fille attendait vraiment la réponse depuis deux siècles, et dans la salle on l'entend comme aucun vers depuis ce matin 9 heures. Et le silence qui la suit, idem, on l'entend. C'est exactement ça, le théâtre, cet infime et perpétuel événement d'une seconde. Celle qui les tient, les six, dans sa voix et dans la vraie promesse est une gosse, toute petite.

— *Quelle femme voudrait s'appuyer sur son bras pour monter à cheval ? Quel homme lui serrerait la main ?*

Qui trouve dans ses vingt et un ans et cent cinquante-deux centimètres de quoi faire une mère penchée sur la tombe encore vide promise à son fils.

— *Il n'est même plus beau ; comme une fumée malfaisante, la souillure de son cœur lui est montée au visage.*

Qui va nous sauver la matinée. Qui physiquement n'« adjanit » pas non plus mais qui pourra tout faire, Andromaque et Vernon Subutex.

Suivante ? Non, déjeuner. Deuxième bonne nouvelle.

Au sortir de la grande salle, Alexis accélère le pas, Élisabeth du ministère sur les talons, significativement familière avec ses « attends-moi » et ses « Alex ». Ils rejoindront les autres plus tard au café. On les voit disparaître à l'angle de la rue

Sainte-Cécile et cette fois Élisabeth entraîne Alexis, elle devant, lui derrière.

J'en étais sûre. C'est bien son genre à l'acteur, ce concentré de bourgeoisie pas particulièrement belle mais lustrée, accessoirisant sans scandale son bras académique, proportionnellement écrasante. On y va, c'était dans sa voiture à elle, celle du ministère, garé au –3 d'un parking Vinci, en quel bien public Alexis embrasse bientôt Élisabeth. Elle émet un capricieux « j'ai besoin de me détendre », puis un chapelet de soupirs évoquant en vrac un rendez-vous d'ostéopathie manqué, ces gamines épuisantes, demain les gamins, son ministre de tutelle qui pète un plomb par jour, caresse-moi, applique-toi. Oui, c'est rudimentaire pour des gens comme eux, étroit et vidéosurveillé, mais enfin il s'agit moins de faire l'amour que de pique-niquer. Dénouant d'une main un vaste chemisier en soie, l'autre atteignant le sexe d'Alexis, toutes fonctions du langage abandonnées au profit d'une seule, l'informative, Élisabeth développe son impératif. Elle a vraiment besoin qu'on l'encule. S'il te plaît je te suce avant.

Hypothèse : un jour, pour tromper sa terreur de l'intime, Élisabeth se sera risquée à dire à un homme à bout portant, on baise ou pas ? Et c'est resté. Elle est depuis prisonnière d'un verbe brutal à quoi correspond, par obligation de raccord, une gestuelle élémentaire et libérale.

Sur la banquette arrière, confondus dans la sellerie cuir et la déléguée, Alexis rame un peu, sûrement doit-il convoquer la prometteuse Chloé dans un Tchekhov peu conformiste, tandis qu'Élisabeth penchée le prépare à la transaction.

— Viens.

Alexis s'exécute. Poussivement.

— Quoi ?

— Mais rien.

— Laisse tomber. T'as faim, c'est ça ?

Sûrement.

Le café voisin réunit les membres des autres jurys du Conservatoire, les postulants passés le matin qui resteront là jusqu'à ce que paraisse la liste des heureux élus au second tour, accompagnés de leurs répliques féminines, pour la plupart candidates de la veille. Certaines avec leur calme, leur aisance neuve et les consolations dont elles entourent les perdantes font, sans le dire, tapageusement savoir qu'elles sont reçues. Aux tables du fond, les juges. Comédiens sociétaires, dramaturges ou réalisateurs se touchent, s'embrassent, confondent leurs verres avec une légèreté début-de-siècle, se serrent trop fort devant des élèves qui, dans ce monde bavard en forme de loge, la réussite, n'entreront souvent pas.

Chloé est là, beau visage en éponge bourrée de larmes et d'une volonté scolaire qui va bientôt la pousser aux abords de la grande table, pour demander aux patriciens à quel endroit elle a merdé. Elle veut comprendre. Pour le moment elle n'ose pas, elle observe. Elle n'est plus sûre de réussir quoi que ce soit. Même ça.

Voilà elle se bouge, un pied devant l'autre.

— Bonjour.

Elle a réussi. Elle a choisi pour les aborder la toute fin du repas, moment critique où l'assemblée rayonnante devient bruyante, quand le passage des graisses cuites et des alcools dans le sang épaissit les haleines et les idées.

— Vous vous souvenez de moi ?

Élisabeth l'aurait claquée parce c'était ce matin et qu'elle doit savoir depuis ses quinze ans, cette allumeuse, qu'elle ne possède pas un physique qu'on oublie en deux heures.

Moi je pense qu'elle ne le savait pas en effet. Chloé transportait vraiment sa beauté comme un truc à part qu'elle aurait pu oublier sur une chaise. Ça existe.

Tous ont été aimables. Mercier, metteur en scène, lui a notamment donné des avis très utiles quant à son manque de verticalité, un problème général d'ancrage qui s'entendait jusque dans ses phrases. Elle ne les attaquait pas et souvent ne les adressait à personne. Jouer, c'est être là, mademoiselle, pour dire quelque chose à quelqu'un. Sinon c'est faux. Alexis n'a rien dit, sûrement parce que rien ne lui venait, rien qui fût assez vif, assez impertinent.

Il a attendu que le problème d'ancrage quitte la salle, passe la porte vitrée, rejoigne son vélo arrimé devant le restaurant et entreprenne d'y installer son absence de verticalité. Et il est sorti d'un coup pour aller lui parler. Tout le monde l'a vu.

À l'intérieur, Mercier supposait en riant que Zagner lui proposait des cours de soutien. « J'aimerais vous aider », développait en effet Alexis.

La suite se déroule un an plus tard.

Un an plus tard, un mardi matin, on surprend Alexis dans son appartement, c'est rare, une femme avec lui mais celle-ci d'importance, la sienne. Encore plus rare. Et ça ne va pas, il est évident que ça ne va pas du tout. Alexis lui demande de répéter pour la dernière fois. Vraiment c'est non ?

— Non.

À les voir, dans cette pièce bizarre qu'Alexis ne saura bientôt plus décrire autrement, bizarre, avec l'absence de marques dans les fauteuils et de reliefs de quelque nourriture, on imagine difficilement qu'ils se sont tenus là presque toute la nuit, éclairés au début par les passages des bateaux sur la Seine, et puis plus du tout. Non pour allumer, non pour s'asseoir.

Quelques heures auparavant, Alexis avait demandé à Olivia de l'écouter jusqu'au bout et de ne pas chercher à comprendre, ce qui est beaucoup trop demander en règle générale. Olivia avait donc écouté Alexis s'effrayer à voix haute de l'arrivée de quelque chose d'hostile et encore peu défini. Quelque chose va tomber, répétait-il, imprécis comme à propos d'une bombe, d'une pluie acide ou d'un avion. Quelque chose mais quoi, Alexis, soupirait Olivia entre lassitude et effarement Qu'en savait-il, grand Dieu. Une vérité ou un mensonge, une attaque, une femme, Internet. Il relevait des signes toujours plus nombreux. Les sous-entendus à propos du rôle de Dom Juan qu'on disait lui aller trop bien, cet anathème qu'Élisabeth lui avait adressé quand il l'avait quittée (« t'es foutu »), les moyens de pulvérisation dont celle-ci disposait, rapportés à la souffrance qui était la sienne, son nom à lui apparu dans une enquête à propos de l'indéracinable pouvoir blanc dans les équipements culturels parisiens. Tels regards dans tels dîners. Telles remarques quant à la jeunesse de ses conquêtes. Enfin un sentiment permanent de danger, d'incapacité foncière à arrêter le cas échéant ce typhon qu'on appelle obligeamment l'air du temps, ajouté à un sentiment occasionnel de terminus et un écrasant besoin de repos constituaient un faisceau d'alertes encore mince, mais qui réveillait son instinct le plus affirmé.

— Donc pas l'instinct de reproduction ?

Très drôle. Son instinct de survie. Il avait parfois, pour lui-même, peur de s'évanouir. Ce quelque chose de néandertalien, instinct majeur à l'origine de la survie de l'espèce et qui jamais ne cesse de sentir et de veiller, la peur, avait chez lui subi une inflation handicapante.

Voilà on parle de ça, de terreur et d'intuition. De cette irrationalité souveraine qui préside aux décisions et aux arrachements.

Alexis avait ensuite évoqué en vrac un départ, un abri, des précautions, la nature, pas exactement une fuite mais des vacances. Il n'avait pas fait *tout ça* pour se prendre du plomb dans l'aile, tiré à vue. Bref, il avait demandé à Olivia de l'accompagner à la campagne, d'y profiter d'un très provisoire effacement. Dans l'éventualité d'une mise en cause, il lui demandait en outre de sourire avec lui sur les photos, accrochés ensemble au radeau conjugal.

Donc non.

Elle avait ajouté tu perds la boule, mon pauvre ami.

Non pour le suivre, non pour continuer, non pour payer, non pour s'afficher. Non pour le soutenir quand bien même quelque annonce ferait de lui publiquement ce qu'il est, dit-elle, sans préciser quoi. Ce n'est pas le genre de femme capable d'insulter un homme qu'elle a aimé, même à bout. Non pour la photo. Non pour entendre quoi que ce soit d'autre à propos des, des, disons des errances d'Alexis, non pour prétendre qu'elle savait ce qu'il faisait l'après-midi de son corps dérouté, au service de la culture subventionnée le soir. Non pour imaginer avec lui de quels moyens de rétorsion use une femme humiliée puisque cette femme elle-même a depuis longtemps cessé de l'être, puisqu'elle s'en fout. Non pour l'aider à... comment dit-il ? arrêter la machine. Sans déconner. Et puis quoi encore. Il s'est arrêté, lui ? Non pour participer. Oui pour la voiture, qu'il la garde, elle est après tout aussi vulgaire que lui, vingt-cinq litres aux cent, des taches de sperme sur du cuir fauve. Te voici libre, Alexis, et complètement en danger.

Olivia tentait à présent de demeurer calme, toute sa colère résorbée pour tenir le temps qu'il reste, une heure ou deux, avant de parvenir enfin de l'autre côté de ce moment atroce, en restant digne selon l'idée dominante de la dignité. C'est-à-dire ferme. Mutique. Non pour faire la folle, non pour lui griffer le visage, non pour pleurer. Elle tenait devant son mari un corps tout droit, d'une seule ligne sans appui, sans prise, comme coupé dans la verticalité de l'étoffe qu'elle portait, pris dedans. La chair très blanche de son front, ses poignets, le cou, le blond transparent des cheveux courts signalaient bien quelqu'un. Mais pour lui elle n'était plus personne, c'est clair ? Cette fois vraiment. Tu m'entends, Alexis ? Personne. Au revoir, Alexis, combien d'accords avons-nous passés toi et moi pour combien de discordes. Au revoir.

Alexis a bien regardé le « non » en face, impressionné par ce côté complètement granitique que peuvent prendre ces femmes-là. Il n'était à l'instant plus rien dans ce décor qu'on l'invitait à quitter et il s'est surpris à songer que c'était dégueulasse, il avait quand même tout payé. La moindre toile, la moindre ampoule. Lui est revenue sans prévenir une phrase de prêtres et de magazines, « donne et tu recevras ». Il a songé une seconde à la possibilité que ça ait marché avec l'univers et avec les femmes. Pas qu'avec les chiens.

Il n'a plus rien dit, ahuri d'être enfin quitté. C'était la première fois. Il a regardé chacun des vides que laissent les enfants qu'on n'a pas eus faute de vouloir les balader à Montsouris, faute de pouvoir se permettre de dormir moins pour vivre moins, faute de chair, faute d'amour. Il a regardé sur les photos, dans les fauteuils, les formes manquantes des amis qu'on aurait gardés s'ils avaient eu les mêmes moyens. On les avait perdus dès lors qu'être ensemble est une question d'accès aux mêmes tables, mêmes villas, mêmes voiliers, mêmes vins, mêmes plages. Il a regardé entre les meubles trop chers la succession des trous qui les entouraient faute d'à peu près tout. Et il a compris pas mal de choses quant aux vertiges qui le prenaient de plus en plus, sur scène et en ville, depuis quelques années.

Enfin si, il a tout de même ajouté quelque chose. Et donc je fais quoi moi, j'attends qu'on me cueille, qu'on me bousille, je fais quoi moi. Elle a répété un peu lasse toi, toi, toi. Qu'il se démerde avec ses frayeurs crépusculaires et ses instincts paranoïdes. Il n'avait demandé à personne pour la bousiller elle. Faire d'elle ce qu'elle était aujourd'hui, un reflet, un échec. C'était une femme qui pensait mordicus qu'on la faisait et qu'un homme pouvait l'échouer, la preuve, c'était arrivé. L'homme c'était lui qui méritait la porte et, la porte passée, le jugement d'une société tragiquement adolescente qui à travers un système punitif intériorisé n'en finissait plus de se haïr pour ce qu'elle était. Obsédée par l'amour.

On peut à présent imaginer Alexis partir à son tour, en cow-boy, dans l'aurore qui poudroie, au nom de cet arbitraire éternellement cinématographique du condamné d'avance : devancer les poursuites, ne plus répondre de ses actes. Où va-t-il, ce n'est déjà plus la question. Le héros de western est déplacements superlatifs et libre circulation. Le sens n'est pas tellement dans la direction qu'il prend mais dans le mouvement.

Après la mort de sa mère, dans les semaines suivant l'annonce, Aurore et son fils avaient quitté la ville. Ils étaient descendus cinq heures au sud de Paris, se déportant ensuite vers l'ouest jusqu'à atteindre un endroit rocailleux, vert et blanc, qu'ici on appelle un causse. Vu d'en haut, un plateau calcaire dépeuplé, chaud et peu venteux, planté de petits chênes et de genévriers où les moutons paissent une herbe courte dans des parcelles qui n'en sont plus, limitées par de séculaires murets de pierres sèches. Par endroits résistent de ces constructions minces et cylindriques, dites cazelles, abritant encore bêtes, bergers, marcheurs. Vu d'en bas, le causse est cerclé de rives méandreuses, ses falaises plongent vers le Lot et vers ces villages taillés dans la roche essentiellement connus des pèlerins marchant sur Compostelle. Ce pays-là, quand on le trouve, souvent par hasard, on veut y revenir pour y mourir. Même les jeunes, même les Anglais.

L'eau est rare sur les causses. Mais sur les plateaux les plus humides, en amont des sources et ombragées par de soudaines densités de figuiers et de noyers, on devine quelques habitations typiques du Quercy. Elles comptent en général une grange ouverte et une étable, une petite demeure à deux ou trois niveaux que l'épaisseur des murailles et l'étroitesse des fenêtres préservent un peu de la chaleur et beaucoup de la lumière. Il arrive que les Quercynoises s'adossent par le fond à la falaise, s'économisant l'élévation d'un mur en épousant cette façade aveugle. On entre par le premier étage, dans une pièce aux pierres apparentes où pèsent encore souvent de ces cheminées massives dont on reparlera. La cuisine se trouvera à l'étage du dessous, ouverte sur le jardin.

Chez Aurore c'est comme ça, exactement. Rien à ajouter.

Ce soir, dans la grande pièce du premier, Cosma s'est installé dans le cantou, ainsi qu'on appelle encore les cheminées qui constituent l'élément central des maisons paysannes. De part et d'autre de l'âtre étaient aménagées deux marches de pierre, offrant une assise étroite aux enfants, femmes, vieillards réchauffés au plus près du feu mourant, les uns écoutant des autres les légendes qui font l'histoire dans les pays d'oralité. Ses bancs de pierre noircie, Sabine les avait de son vivant tapissés de coussins bariolés. Désormais Cosma y ajoute chaque soir les lampes solaires, petits gadgets photovoltaïques qu'il laisse charger toute la journée sur la terrasse et qui plus tard éclairent biologiquement le salon.

Ce soir, l'enfant observe à cette lumière gratuite une théorie de pierres violettes, améthystes inégales, gravées de signes aussi rudimentaires que mystérieux. Des runes. Dans la grange qu'Aurore n'appelait plus que « le souk » depuis qu'on y avait déplacé sans effort de tri le fatras des affaires de Sabine, Cosma avait exhumé la boîte en bois qui contenait ces pierres. Il s'en s'était fait certifier l'origine. Les runes, l'avait donc affranchi Aurore, objets réputés d'une grande précision prédisant rien moins que l'avenir. Et de saisir à son tour les morceaux d'améthyste, retrouvant sans émotion les signes proto-celtiques qui trouaient son enfance, parmi les tarots de Marseille, les pendules.

– Ce ne sont pas des jeux de petit garçon, Cosma.

– Ce ne sont. Ce sont des jeux de qui alors ?

Elle avait réfléchi. Elle ne pouvait pas répondre « des jeux d'égarés », on parlait tout de même de Sabine, ménagère polyglotte, féministe de la deuxième vague. Feu professeure d'anglais, qui serait feu agrégée d'anglais si Aurore n'était pas née un mois avant l'examen. Et surtout huit mois après un « oui » pensif et irréfléchi dans une mairie communiste – la deuxième vague du féminisme, avait coutume de dire Sabine, ne m'est pas suffisamment passée dessus, en tout cas beaucoup moins fort que ton père. Feu propriétaire toute seule des murs autour de nous, électroménager, bibliothèque, tout compris. Quelqu'un.

— Des jeux d'initiés.

Depuis la veille, l'enfant cherche à comprendre la syntaxe des runes, jetant inlassablement les pierres à ses pieds. C'est chaque fois le son vintage d'un sac de billes répandu sur le carrelage, et Aurore, elle adore ça.

Aurore est seule, oui. Vu de loin, de là où on voit mal, on pourrait dire encore plus seule qu'avant. Mais c'est mieux, c'est une solitude qui n'appelle plus personne et n'attend pas. Elle vit avec son fils et quelques hommes pixellisés parmi ses collaborateurs, il ne lui manque rien. Elle travaille ? Oui évidemment. Le trou que lui cherchait son employeur à Paris, elle l'a déménagé ici. Au gré d'une formation éclair et en mémoire d'un master 1 de psychologie, elle est coordinatrice chargée des paramètres humains détachée à l'adaptation aux ressources digitales à cent pour cent de télétravail. Sérieusement.

Un an auparavant, dans la plupart des entreprises, constatant que les demandes de quatre cinquièmes disparaissaient à mesure que le télétravail se généralisait, on était revenu sur cette noble et séduisante idée que l'engouement pour le travail à distance témoignait d'une expansion soudaine de l'autonomie du collaborateur. Il pouvait constituer aussi bien le triste indicateur d'un repli sur soi. Du moins sur une grosse envie d'aller chercher les gosses à l'école ou de cuisiner, au détriment des objectifs de rentabilité de la boîte. Bien sûr, les gens remplissaient les tâches attribuées, répondaient concisément aux mails mais on ne savait jamais d'où. Quand ils appelaient leurs référents, parfois la bouche pleine, on entendait que le cœur n'y était pas et, à l'arrière-plan, des oiseaux. On les supposa occupés à refaire du sport, à promener les animaux, à apprendre des langues, bref à prendre l'entreprise pour une vache à lait – le collaborateur français étant en la matière incorrigiblement années 1950. Aussi dans l'entreprise digitalisée d'Aurore, le signe du travail avait été rétabli de manière totalitaire et systématique. On avait réouvert dare-dare l'œil qu'on n'oserait plus appeler de Moscou, mais c'était bien lui : des capteurs à reconnaissance faciale de l'ordinateur enregistraient la présence des salariés assis en face, constataient la nature exacte des tâches effectuées ; une pause trop longue déclenchait une discrète alerte sonore sur le terminal des coordinateurs de département, lesquels gardiens de la performance téléphonaient alors au décrocheur afin de comprendre ce qui n'allait pas, l'aidant à reprendre pied dans le réel grâce à la douce matérialité d'une voix humaine. C'est là l'emploi d'Aurore. À raison de trois heures par jour maximum, elle veille et parfois elle parle.

Elle doit sa nouvelle maison à la mort de sa mère et sa nouvelle fonction à la mort du travail.

Le reste du temps elle fait ce qu'elle veut. Disons ce qu'elle trouve. Jardiner par exemple. Ranger et laver aussi, mais vraiment, en allant bien au fond des choses, de la terre et des tiroirs, des poubelles en tout genre. Aurore soigne aujourd'hui sa maison comme elle n'a jamais soigné son corps avant, rien qui ne soit poli et décoré, le linge et les rideaux exhalent en permanence des arômes naturels un peu chiants, lavande, amande ou savon de Marseille, voire bergamote. Du temps de sa vie de couple, puis de sa vie séparée, quand elle était tout le temps dehors, elle en avait sûrement rêvé de ça. La femme au Jex Vitres, à la cire d'abeille, sans autre servitude que faire reluire les carreaux à sa convenance, écoutant Barbara aussi fort qu'elle voulait dans la maison royaume, la paix qu'on lui fout. Et même, il devait lui arriver de la regretter l'autre époque, dite « l'époque », quand il suffisait aux femmes d'être parfaites et aux hommes d'être sans vices, aux deux d'éprouver pour le cul une horreur ascétique pour être heureux. Quand il y avait quelque chose de maternel à se laisser prendre en missionnaire le vendredi soir. Quand l'enchaînement serré des devoirs, petite musique idiote et militaire, ne laissait aucune place à la connerie passionnelle. Quand c'était comme ça, une bonne fois pour toutes.

Non, je m'emballe. Elle n'a sûrement jamais rêvé d'oppression. Aurore est un peu malade comme tout le monde mais pas à ce point.

Aurore n'est plus réquisitionnée par aucun de ces désirs, désir de l'autre ou faim indéterminée, dont l'urgence irritante et floue transforme toutes les journées en salle d'attente, et les perd. Elle dit au téléphone, aux amies qu'elle ne voit plus, j'ai désormais les pensées claires, Deborah ; j'ai du temps à volonté, Aline. Autrement dit, elle a fait de la croyance du temps devant soi et de l'esprit libre une matérialité tangible. De l'espace, du temps, plein, à ne plus bientôt savoir qu'en faire, mais qu'importe.

Bien sûr, pas d'homme. Et de sexe, encore moins dans cette ascèse réparatrice reposant sur le silence, le savon et l'horticulture. Aurore épuise ses sens dans la terre calcaire presque tous les jours et, à force de soins et d'engrais naturels, elle fait parfois se dresser des tiges. Elle observe alors l'épanouissement des corolles, les pétales déployés, elle peut prendre la sève des plantes pour la sienne et c'est suffisamment sexuel. Elle peut les rassembler en bouquets et s'offrir des fleurs dans la cuisine, c'est suffisamment sentimental. Un homme pour quoi faire. Elle a changé.

Moi je ne pense pas que quelque chose avait changé par la grâce d'un déménagement et d'un paysage. Simplement elle prenait désormais l'éternel sentiment du vide pour un compte rendu objectif et satisfaisant de la réalité. Elle avait repris le contrôle de sa vie et réduit son découvert général.

Si quelqu'un venait lui dire mais alors tu penses à quoi et de quoi as-tu le temps, elle aurait perçu la fragilité de cette miraculeuse illusion du plein. Aussi ne fréquentait-elle qu'un enfant qui n'était pas en âge de poser les questions dévastatrices.

Des questions, le petit s'en posait toutefois quelques-unes. Sur la terrasse, vers 19 heures, lui et Aurore observaient rituellement l'apparition des premières étoiles avant la nuit. Cosma surprenait alors le regard absent de sa mère se décrocher du ciel et s'attarder à l'horizon du sentier de Compostelle où parfois, même la nuit, surgissaient des pèlerins. Il avait déchiffré ce regard vespéral une bonne fois pour toutes. Cosma savait bien qu'elle attendait quelqu'un, maman ; elle ne regardait pas dans le vide mais dans le futur. Même d'ici les femmes scrutent la mer, regardent approcher les marins. Et toutes, au moindre bruit nouveau aux abords des maisons, imaginent un pas. Et après le pas quelqu'un qui dirait c'est moi. Toutes.

À quelque soixante kilomètres, la gare de Cahors s'apprête à recevoir le train Intercités parti de la gare d'Austerlitz à 15 h 40. L'attendent des familles, des adolescents, des dames seules et des chauffeurs de taxi, qui, les yeux sur l'horizon noir, sur le ballast ou sur les panneaux d'annonce selon sa poétique personnelle, restent attentifs aux différents frémissements annonciateurs. On peut frémir en effet. Dans les westerns le rail est aussi vivace que les montagnes, aussi présent. Il est l'élément du destin, il assure la rencontre, exposant les habitants d'un Ouest à l'arrivée de tout et n'importe quoi. Le train, on ne sait jamais ce qui va en descendre, nouvelles richesses ou nouvelles menaces, des hommes ou des bêtes, ou pire, un mélange des deux. À 19 h 56, l'Intercités numéro 6898 ouvre ses portes sur une quinzaine de personnes, petites troupes composées d'adolescents, de quelques femmes seules, d'hommes sans vrai bagage en compagnie d'autres, a priori des partenaires d'affaires. Personne d'intéressant, disons personne qui puisse s'intégrer efficacement à ce récit, autrement qu'en figurants muets. Tous les héros n'empruntent pas le rail, lequel dans l'histoire de l'Ouest surgit de toute façon assez tard : le train ne commence à jouer un rôle sérieux dans le quotidien des cowboys que vers 1870 quand s'élève Abilene, ville d'embarquement des troupeaux du Texas. Bref, nous attendions pour rien, rien à espérer en termes d'accident narratif de la gare SNCF de Cahors ? Exactement. L'on ne verra personne venir par là et c'est le but. Dans les westerns et pour l'amour de l'art, il faut parfois consentir à regarder ailleurs, le temps que les hommes traversent.

Aurore a entendu frapper. On aurait pu sonner, même heurter car la porte s'orne d'un intimidant heurtoir à tête de bouc, mais on a préféré cogner à main nue sur le bois. On doit frapper de nouveau car on ne vous ouvre pas comme ça, on est une femme seule à cinquante minutes de marche de la civilisation. Une femme pas très farouche, certes, mais qu'on prévient des visites en général.

– Tu n'ouvres pas ? intervient un protagoniste naïf, ici l'enfant, comme il convient dans ce genre, largement illustré, de situation.

Elle ouvre, sans aucune précaution apparente. Mais peut-être a-t-elle une seconde avant prié sainte Marguerite patronne des mères célibataires.

Il s'agit d'un homme qui arrive dans la nuit, dans leur nuit. Un homme avec une chose avec lui, un sac semble-t-il, surgi d'elle ne veut pas savoir où, pas encore. Vraisemblablement d'un concert ou d'une réunion d'actionnaires, veste étroite assortie au pantalon, chaussures réfléchissant la lampe solaire de la terrasse, bouche ouverte. Blanc, grand, couleur des yeux non identifiée. Elle referme la porte dans un tardif réflexe de sécurisation du terrier.

— C'est qui ? C'est grave ? s'intéresse Cosma d'un ton où perle une véritable excitation, laissant à penser que le reste du temps peut-être s'emmerde-t-il un peu.

Elle ouvre à nouveau la porte, un peu plus largement. Veste à deux boutons, sourire bizarre, il dit bonsoir mais comme une question.

— Bonsoir ?

— Bonjour ! se réjouit Cosma à l'arrière-plan, sa main prenant aussitôt celle de sa mère, pour rassurer l'un d'entre eux.

L'arrivant fait un pas devant et apparaît dans la lumière du vestibule. Un homme donc. Le cerveau reptilien qui avait tranquillement ouvert la porte émet enfin un warning : quel genre d'homme ? Du genre calme pour quelqu'un qui arrive de la nuit au seuil d'une maison dont rien n'indique qu'elle n'est pas gardée par un chien ou un système. Et de ce calme rien ne filtre. Un peu de stupeur peut-être, de crainte à venir.

C'est masculin, intranquille, inconnu. Un homme sans références externes apparentes, se tenant dans la perpétuelle vigilance de qui connaît l'instabilité du grand jeu susceptible de se renverser n'importe quand. Aussi pourrait-elle par exemple penser à Stewart dans *The Far Country*, elle est assez cultivée sur la question, elle a tout vu. Mais il l'assomme l'avant :

— Aurore ?

— Pardon ?

— Oui ! le félicite Cosma. C'est ça !

Je sais que lui ne voit pas une femme calme. Il doit savoir que c'est très rare de toute façon, les femmes calmes, son père a dû lui dire. Il constate une femme dans les cinquante ans, pas suffisamment de ce monde pour le reconnaître ou pour répondre à son prénom. Une tendue qui n'est pas en face d'un homme mais d'un étranger, point. Il pourrait être beau que ça ne changerait rien, d'ailleurs il l'est à cet instant, fragile et retiré de sa gaine sociale. Mais il n'y pense pas, il n'y pense jamais vraiment. Il est habitué. Il voudrait déjà entrer, faire comme chez lui.

— On se connaît ?

Il réfléchit et dans le temps de sa réflexion apparaît sur son visage un mélange fugace d'ennui et de certitude. Ce n'est pas quelqu'un qui s'est trompé de porte, la porte c'est la bonne mais ce n'est pas le bon moment. Il a froid putain, et l'autre là, enfin Aurore, qui ne sait plus quoi faire, foutre-moi ça dehors ou offrir de la soupe, ne le laisse pas passer.

— Vous cherchez qui, monsieur ?

L'inconnu prétend connaître Sabine, sa mère, la connaître suffisamment pour lui savoir une fille prénommée Aurore. Aurore augmente la lumière grâce au variateur alors qu'à cette heure-ci c'est tarif double et franchement déconseillé par le gouvernement de transition climatique. Il a l'air un peu trop arrogant pour se fatiguer à mentir, ce type qui vient dans les cailloux en bottines.

— Elle est morte, sa mère, déplore Cosma puisque personne ne semble vouloir faire évoluer cette pesante situation.

L'autre de prendre son temps pour répondre ah, je regrette. Mais là il ment sur quelque chose, c'est plus évident. Il demande à entrer vraiment, s'il vous plaît, il n'y a rien autour, que la nuit. Sa voiture, il l'a laissée au départ du sentier, réservoir vide, il est très tard, il est confus, il pensait trouver ici une solution.

Et puis Cosma a dit mais laisse-le passer, c'est Alexis Zagner et mamie est d'accord. Et après trop tard, il était dedans. Dans les westerns les hommes arrivent chez les femmes comme chez la mort. Toujours trop vite, en avance.

Et merde, pense Aurore, j'aurais dû dire non, je ne suis pas un moulin et une voiture HS ça n'empêche pas le propriétaire de dormir dedans.

Lui, à l'intérieur, il voit mieux. Une femme dans les quarante-cinq ans maximum, résolue un instant et qui change d'un coup d'avis parce qu'un tout petit garçon a dit quelque chose d'incongru sans hésiter. Et comme elle passe davantage dans la lumière, il voit une jolie femme debout dans un salon de conte de fée du logis, pas du tout apprêtée mais bizarrement prête à quelque chose. Peut-être comme toutes les femmes seules dérangées à l'Ouest, la nuit. Et il ne voit plus rien, car le correcteur de consommation électrique a mis fin au spectacle, seules les lampes solaires faiblissantes font office de veilleuses. Le petit garçon a annoncé aller quérir une bougie dans la cuisine, invitant sa mère à ne pas avoir peur dans l'intervalle. Si bien qu'il, ce soudain type, se trouvait dans le noir avec la jolie femme tout près, l'un s'étonnant d'entendre son propre souffle, légèrement haletant, l'une se prenant à espérer un peu tard que l'autre ne fût pas un assassin.

Un quart d'heure plus tard, c'est encore une situation à laquelle la vie ne prépare guère. Deux personnes, dont l'une encore une fois contient un danger, du moins promet une surprise, tentent d'en savoir plus sous un éclairage climato-conciliant constitué de deux bougies naturelles, d'un bidule solaire et d'un téléphone en veille. Un seul téléphone. Alexis Zagner, puisque c'est son nom, dira avoir perdu le sien la veille et s'enquiert de l'existence d'une ligne fixe qu'il pourra utiliser le cas échéant. Appels nationaux uniquement.

— C'est dans son bureau, informe Cosma.

Et le petit garçon, qui à l'échelle de sa courte existence ne sait pas ce qui relève de l'accidentel, du souhaitable ou du n'importe quoi, part se coucher tel qu'en un soir ordinaire, son support divinatoire bien rangé dans la boîte en bois. De toute façon dans les westerns l'enfant n'existe pas. Sinon comme furtive apparition à l'orée des maisons, courant pieds nus vers les mères à l'ouvrage, braillant l'arrivée des étrangers.

Encore une demi-heure et Aurore lui a bricolé un casse-croûte avec du pain d'hier. Il est comédien, finit-elle par apprendre, il connaissait Sabine pour l'avoir consultée au printemps dernier. Aurore a toutes les raisons de le croire, puisque Sabine donnait à l'envi, à l'arrache, disons sans rien de concret déposé au registre du commerce, des consultations médiumniques. Alexis l'avait consultée par hasard, d'abord au téléphone. Ce sont des choses qui se font beaucoup dans son métier d'étoiles.

— Pourquoi ?

Parce que dans le spectacle vivant comme partout on se méfie beaucoup trop des gens pour ne pas devoir se fier aux astres. Et puis un jour, comme les consultations téléphoniques étaient troublantes de justesse…

— Ou de coïncidences, ou de psychologie, ou de manipulation, sourit Aurore, sachant sa mère douée en tout cela, surtout.

Un jour il était venu sur un coup de tête. Un samedi. Très tard.

— C'est une manie alors ?

— J'avais dormi dans une chambre à l'étage. Le parquet était peint en blanc.

— Le plancher est blanc là-haut, c'est vrai.

Elle est surprise du corps que prend sa voix depuis tout à l'heure. Plus grave, plus basse, comme soudain plus à l'aise dans une cage thoracique dont elle viendrait de retrouver la clé. Lui, il continue. Il ne connaît pas sa voix d'avant, il ne peut pas savoir.

— Votre mère m'avait dit avoir une fille et le prénom, je sais pas, le prénom je n'ai pas oublié. À cause de Victor Hugo, *Dieu est un lieu fermé dont l'aurore a la clé*, vous connaissez ?

— Victor Hugo ? Oui. Lui, oui.

Encore corde grave qui vient s'ajouter à sa voix quand elle lui répond, une voix rauque et ronde, vaginale, qui la dérangerait presque, d'autant qu'elle prend conscience que tout le reste la contredit. Racines grises, jean, chaussettes de randonnée et maquillage zéro. Elle n'est plus sûre d'avoir répondu « bonne nuit » à Cosma. Cet Alexis n'a pas l'air décidé à reculer dans la nuit. Il va falloir réagir.

— Vous voulez dormir ici ?

Elle opère selon la loi du genre qui n'est pas de bavarder. Dans les westerns, les hommes qui entrent un peu trop vite on les désarme. Joan Crawford par exemple, celle qui fait tourner la roulette en l'absence des joueurs juste pour s'enivrer du son de la bille décidant des fortunes, elle leur fait rendre jusqu'aux armes planquées dans les bottes et dans les selles. Je pense que ça relève du désarmement, ce qu'Aurore commence.

D'abord elle le touche, d'abord la main. Lui, comme certain qu'il s'agit d'un rite d'accueil régional, se laisse faire. Elle éprouve avec le pouce l'épaisseur de sa peau à la base de la paume, elle palpe le tissu de sa chemise. Il dit en riant je ne suis pas armé vous savez, preuve qu'il pense comme nous. Elle descend soudain vers son sexe, plus ou moins perceptible sous la toile, et s'y arrête. Il devrait dire quelque chose et il ne dit rien. Elle apprendra plus tard comme il sait être disponible à l'instant, sans aucune garantie pour l'instant suivant.

Puis c'est elle qui se lève, abandonne son appui, le prend par la main, le tire même, l'extrait du fauteuil qu'il prétendait avoir connu, l'emmène sans résistance à l'étage au plancher blanc qu'il prétend connaître.

Elle se déshabille, et il fait enfin quelque chose, se déshabiller aussi, laisser tomber ses vêtements avec un soulagement qu'elle perçoit. Il sait plus ou moins quoi faire, alors ça va. Elle ne voit pas son regard. Il est peut-être distrait, ou rieur, ou fermé. Arrive par vagues une odeur de cendre fraîche, un mélange de Paris, de sueur et de menthe. Lui, s'il est satisfait d'être pris en charge, n'a pas forcément compris ce qu'elle cherchait. Il pense qu'elle use du droit de prendre comme un seigneur et qu'elle a bien raison, le pouvoir dure toujours cinq minutes et la roue tourne plus vite qu'avant. Ses mains à elle le caressent comme un simple territoire et s'attardent aux reliefs de la chair.

J'ai compris. Ça la reprend. L'ascèse réparatrice n'a pas marché. L'ascèse ne change pas grand-chose, jardinage ou pas, c'est toujours comme à Paris l'extinction des sens, leur torture au nom d'une volonté louable d'aller mieux mais qui s'y prend comme un manche. À force de se couper de la chair, la chair fâchée se rappelle à la nuit et fait n'importe quoi.

Il bande sans sursaut, sans variation, constant sous sa main. Elle n'entend pas son cœur et à peine le sang battre dans la veine. On pourrait dire, dans le cadre d'un commentaire général et dépassionné dont elle n'est pas si loin, qu'il bande point final. C'est un homme simplement rompu à sa propre mécanique qui de toute évidence ne prend pas sa joie ici, ou pas d'elle. Il bascule sur le lit quand elle appuie sur ses épaules, c'est elle qui vient sur lui, il participe de ses deux mains sur ces hanches, calé à hauteur de sa taille, il appuie son bassin à elle sur son sexe à lui qu'elle oriente vers la gauche et vers le fond. Il semble comprendre qu'il doit rester là, appuyer où ça brûle, lever son poids et la heurter devant sans se risquer à d'hasardeux mouvements circulaires. Il dirige tous ses muscles vers ce point qu'elle semble lui indiquer, très loin à la lisière du col de l'utérus où les nerfs se nouent en pelote pour envoyer directement la décharge au ventre. Puis à la gorge, puis la tête. Alexis est à peine plus haletant qu'en arrivant, elle sent qu'il est content qu'on l'ait fourré là dans le noir, qu'il fait tout ce qu'on lui demande pour y rester un maximum, et bientôt, après une demi-heure sans qu'il ait prétendu dévier de l'axe imposé, elle retombe. Comme fatiguée d'un vain massage cardiaque, quand il faut savoir s'arrêter. Ni jambes vides, ni plexus éclaté, ni tremblement.

— Excusez-moi, dit-elle.

Excusez-moi tout court. Pas excusez-moi monsieur, c'est un vieux réflexe que je pensais avoir désamorcé mais il faut croire que non.

Elle ne songe pas à lui demander s'il a joui, lui c'est un homme. Il ne demande pas si c'était bien, ce serait un saut trop acrobatique dans l'intimité de son hôtesse et la réponse ne lui apprendrait rien. Bon ou pas bon sont des catégories trop impressionnistes pour être utiles. Il voudrait continuer à se taire mais sans commentaires, c'est comme sans vêtements, Alexis ne tient jamais longtemps.

— Pour moi c'était nouveau, dit-il.

— C'était nouveau parce que nous le sommes, dit-elle, c'est tout.

Il entend bien dans cette phrase à la con que c'est une femme comme ça. Mentale. Il ne connaît que deux catégories, cet âne, les mentales et les charnelles. Encore un qui observe les femmes à travers un calque, les sépare en fonctions et rubriques, et il appelle ça « les comprendre » quand ce n'est qu'un énième fétichisme par abstraction du féminin. À propos d'Aurore, il doit penser que c'est la catégorie froide. Une qui s'entraîne depuis un moment à rester dans sa tête, s'accordant à l'occasion un aller tête-vagin et retour, une qui tient à être déçue, hors d'atteinte sauf pour le gosse, plus tellement encombrée par le pénible impératif de joie. Il a bien vu, en arrivant, les fleurs dans l'allée, la luxuriance appliquée du jardin, il a deviné sous la lune la couleur des allées, les jardinières humides aux fenêtres. Il a pu supposer dès l'arrivée ce genre femme en jachère qui s'efforçait à la place de cultiver la joie au balcon. Ou alors il n'a rien remarqué. On voyait que dalle à cette heure-là et ces dénigrantes analogies cultivatrices n'appartiennent décidément qu'à moi.

Il reste allongé, elle assise.

— Vous n'avez pas peur de moi, s'étonne-t-il car c'était jusqu'ici dans l'ordre des choses et sur quoi reposait la guerre des sexes.

La peur d'un côté et en face la peur de faire peur. Mais là non. Ni l'un ni l'autre. On est où, putain.

— Vous n'êtes pas dangereux, assure-t-elle, bien moins tendue qu'à la porte.

Et lui, à ces mots, il rit franchement. Ça résonne. Il se tait tout soudain, saisi par l'écho, le cœur à l'arrêt. Une biche.

C'est bien ce qu'elle pensait. C'était ça, l'odeur. C'était pas la ville, c'était la peur.

Dans les westerns, quand l'étranger vous arrive de la plaine, il laisse ses chevaux dans la cour, on l'examine à la lueur des flammes disponibles, on le nourrit mais pas immédiatement. Le cheval d'abord. Quand les chevaux sont propres, on lui donne ce que l'on a et l'usage veut qu'il vide son flingue sur la table. Il mange, on le calme, on le démilitarise. Plus tard, il vous montrera ses cicatrices, racontera l'épopée qui le précède dont il est toujours un peu la victime et substantiellement le héros.

Alexis dans cette histoire devait être le cheval. Il n'avait rien à dire et dormait déjà.

À peine plus disert fut son metteur en scène le lendemain sur une station de Radio France. Invité à participer le samedi matin à une émission d'actualité culturelle, il développe l'argument de la pièce, celui qu'on ne pourra pas forcément lire sur la plaquette du spectacle. Il faudrait déjà que le spectacle ait lieu.

En réponse à la question quelle nécessité impérieuse existe-t-il à monter pour la énième fois en France le *Dom Juan* de Molière, le dramaturge osait une théorie politico-esthétique selon laquelle Dom Juan, espèce menacée, finit dans ce siècle, bras en croix et gueule ouverte. Il s'agissait donc pour le spectacle vivant qui l'avait engendré de l'accompagner au tombeau, en fanfare. Passé en quatre cents ans de fils de pute à martyr, d'un ordre social répressif à un ordre normatif, forme plus sournoisement efficace de la répression, le Dom agonise aujourd'hui en chef de file des connards innocents, et le déclin, c'est toujours beau à regarder quand il est joliment mis en scène.

À la question pourquoi le western, le metteur en scène répondait parce que j'adore ça. Dom Juan est le héros tragiquement actuel d'une version dégradée du western, un croyant qui se force à l'athéisme pour s'abstraire des temps religieux qui sont les nôtres, cherchant les confins de la morale comme la limite d'un désert, pour rencontrer ce qu'il prétendait nier : plus grand que lui.

À la question peut-on à présent parler de la fracassante absence de votre comédien principal, la réponse est non. D'autant qu'Alexis Zagner n'est pas porté disparu, ce sont là racontars et malveillance. D'accord, alors peut-on parler, pour l'information des auditeurs, de ce que prévoient les assurances en cas de volatilisation du premier rôle ? Envisagera-t-on des poursuites à l'encontre de M. Zagner au titre du préjudice financier ?

— Pardon mais c'est toujours la même question.

— Comme vous voulez, on se retrouve après le journal de la mi-journée pour la seconde partie de l'émission.

En attendant on vous passe le choix musical de l'invité, prévu généralement à la fin mais il s'agit de meubler. Le présentateur du journal doit dans l'immédiat faire face à un léger retard, du fait d'un pet dans la programmation. Un fil AFP vient d'alerter la rédaction de la réponse que réserve Alexis à l'épineuse question du casting. Une bête d'idée, d'après l'assistant programmateur, sous le charme de la dépêche. Peut-être. Mais en est-ce forcément une bonne d'en faire un titre au journal national ? Faut qu'on réfléchisse. Et tandis qu'à l'antenne on écoute les Clash, le présentateur du journal se prend la tête.

Aussi, vingt minutes plus tard en studio, le metteur en scène est informé à peu près en même temps que tout le monde ce qu'Alexis a transmis pour diffusion à l'agence AFP. « Ayant appris il y a quelques semaines que sur la distribution de *Dom Juan* mon cachet était près de six fois supérieur à celui de mes principales partenaires féminines, objection m'ayant été faite que mes répliques étaient plus nombreuses et mon nom d'homme garantissant le succès de la pièce, je propose au metteur en scène de confier le rôle de Dom Juan à Diane Elder qui jouait Elvire. Ce sera sur son nom que la pièce remportera le succès qu'il lui est promis. Rien dans la position ou la personnalité de Dom Juan ne légitime qu'il soit depuis 1682 confisqué par un seul groupe de référence, les comédiens. Ce n'est ni une usurpation de caractère, ni une trahison de ce texte qui ne nous appartient pas : c'est son devenir politique. » Reprise de l'émission culturelle avec un metteur en scène otage qui a hésité à quitter le studio.

— Alors ?

— Alors quoi ?

Faites pas exprès. Allez-vous accéder à la requête du comédien en passe de devenir le héros des féministes, des jeunes et donc d'une grande partie du gouvernement qui vous subventionne, oui ou non. Et, question bonus, quel serait selon vous le coût de votre refus ? On vous écoute, vous êtes au bon endroit, six cent mille auditeurs au bas mot.

— Il n'est pas bon ? suggère Aurore à propos du café qu'elle vient de servir à Alexis et qu'à peine goûté il repose. Je peux le refaire, propose-t-elle, un chouïa bonniche, accusant son imparfaite maîtrise de la cafetière italienne. Elle met trop d'eau, elle ne la visse jamais à fond. Alexis répond que ça ira, tant que c'est chaud, rappelant que dans le genre qui nous occupe le café est peu fait pour être bu. Il est davantage inventé pour occuper les femmes à l'écran, dont c'est l'une des fonctions essentielles de servir un café dont on ne peut imaginer qu'il soit buvable, vu qu'il recuit en permanence sur un coin de gazinière, matérialisant l'interminable et tiède patience des femmes de l'Ouest. Statistiquement, il sert surtout à, un, éteindre le feu, deux, engager des conversations, trois, neutraliser un adversaire. Note de bas de page : dans *Sept hommes à abattre*, Gail propose jusqu'à dix fois du café. Dix fois.

— Bon, Aurore… commence-t-il.

— OK. Je vais le refaire.

Immanquable.

Elle s'affaire, Aurore, retrouvant le geste ancillaire avec une pathologique aisance, allant de la poubelle au robinet, dévissant et emboîtant les éléments de la cafetière avec une ostentatoire fermeté.

— Dix minutes. Vous avez encore dix minutes avant qu'on appelle une dépanneuse ? Elle mettra quatre heures pour venir de toute façon. Poussez-vous, que je vous ébouillante pas.

L'accouplement d'accueil avait eu au moins le bénéfice de mettre à l'aise, et niveau proxémie, c'était mieux. On n'avait plus à franchir la distance sociale à reculons, en s'excusant toutes les cinq minutes. On était assez proches naturellement. Elle peut par exemple lui retirer par précaution la tasse des mains – tasse à laquelle il semblait se tenir davantage que l'inverse.

— Ça ne va pas ? Vous êtes tout blanc.

— Aurore…

Elle tend l'oreille.

— Vous avez entendu ?

— Non.

— Mais si.

Ah oui, peut-être un lointain et indéfinissable son, évoquant le choc d'une matière contre une autre mais lesquelles. Cela vient de derrière la grange mais il n'y a rien derrière la grange sinon le bac de récupération des pluies. De nouveau le son, qu'aucune onomatopée ne saurait traduire, désolée. Cela s'arrête, cela reprend.

– On dirait quelque chose qui se noie ! bondit Aurore, déjà hors de la maison.

– Ah. Alors c'est moi, s'entend ricaner Alexis, encore attentif à maintenir entre lui et lui un minimum d'humour.

Un écureuil. Certainement diminué dans ses instincts par la forte chaleur, l'animal avait tenté d'atteindre la nappe d'eau stagnant depuis avril au fond d'un vaste baril en plastique, et de ses ultimes tentatives pour rester à la surface, venait le bruit inconnu. Tout agile qu'il soit, l'écureuil ne sait pas nager et ses pattes échouant à adhérer à la surface lisse, il se noyait en effet quand Aurore l'avait trouvé. Saisissant la première planche de salut venue, une cagette, et la plongeant dans la barrique, elle venait d'en retirer le rongeur qui filait en s'ébrouant et passait déjà à autre chose dans les ramures du noyer. Heureuse nature.

Trempée jusqu'aux épaules, radieuse, Aurore regardait Alexis qui l'avait rejointe, attendant des félicitations comme toute bonne femme qui se respecte. Bravo, dit-il à toutes fins, ajoutant qu'il avait quelque chose à lui dire. Quand elle se serait remise de ses émotions zoologiques.

– Vous restez là ? On se voit ce soir ? lui lance alors Cosma sur le départ, ployant sous un cartable.

Alexis ne répond pas. Elle, elle embrasse le fils, se recoiffe. Il a déjà remarqué ce très joli geste qu'elle a pour ramener les cheveux de la nuque dans le nœud d'un chignon bordélique. Mais il essaie de s'en foutre et y parvient encore pas trop mal.

Alexis aux basques, Aurore repart vers la maison, revient à son café qui a débordé, qu'il faut refaire et tout cela, observe Alexis, la rend désormais nerveuse. Il s'étonne qu'un si petit garçon se rende seul à l'école.

— De quoi je me mêle. Vous avez des enfants ?

— Pardon.

Et il n'est pas si petit d'abord, il touche le ciel, vous avez bien entendu hier soir : il parle aux morts.

— Aurore, il faut que je vous dise...

— Non.

Car soudain elle craint la phrase à venir. Elle ne veut plus qu'il parle, qu'il ajoute quoi que ce soit au trop qu'elle connaît déjà. Une nuit après eux, elle sait de cet homme son nom, sa frayeur, cette tenace odeur de ville, sa bonne volonté musculaire et ça suffit. Elle est déjà pleine de prénoms et de romans, pleine de traces que depuis un an elle s'applique à effacer. Elle lui dit, en ratant à nouveau le café, je ne veux rien savoir, vous devriez partir.

— Je ne suis pas sûr de pouvoir. J'ai quelques affaires dans la voiture et...

Et rien. Je n'aime plus, dit-elle, que les hommes laissent leurs affaires chez moi, il n'y a plus de place. Elle pense encore qu'elle va rejoindre son disons travail, son écran, la quiète irréalité d'Emmanuel. Il aura refermé derrière lui, on n'en parlera plus.

— Je vais travailler, Alexis. Pour votre voiture, vous pouvez descendre au bourg à pied par le GR 65, c'est joli. Le garage est sur la place, ils sauront quoi faire. Claquez simplement la porte en partant.

Alexis reste planté dans la cuisine, vigie agitée et clignotante, il semble surveiller les chaises, la vaisselle, les murs, craindre que s'éveillent les choses pour lui dire ah te voilà, toi, tu pensais aller où comme ça. À quoi ça sert. Ce n'est pas ainsi qu'on fait le guet pour soi-même, il eût fallu d'abord inspecter les bois, coller du journal à tous les carreaux, mentir sur son nom. Si la supériorité du héros de western réside dans sa parfaite maîtrise de l'attention, lui, comme postulant, mérite quelques réglages.

Dans la pièce voisine, Aurore s'installe sur son siège ergonomique tout neuf à cinquante pour cent pris en charge par l'employeur et invite, puisqu'il est 9 heures pile, les participants à rejoindre la réunion. Alexis elle l'oublie puisqu'il est encore temps. Elle pense avoir entendu tout à l'heure la porte claquer.

Deux heures plus tard, elle retourne à la cuisine. Ne me dites pas que vous êtes toujours là. Si. Il n'est plus que criant malaise et café froid.

— Je suis désolé Aurore. La maison, elle est à moi.

De petite ville il en existe toujours une, assise à l'aplomb de la roche. De part et d'autre d'un seul axe semi-piéton elle distribuera la banque postale, une boulangerie très recommandée et une autre qui a renoncé à la concurrence, les pompes funèbres, un commerce de vin et deux d'alimentation mais pas strictement. Ici, où c'est assez gros, où l'on trouve de surcroît une pharmacie et la maison de la presse, on avait vu depuis cinq ans s'installer bien des familles. Les agents immobiliers prétendaient avoir, à certaines, vendu des maisons par téléphone et sur prospectus, comme ça à l'arrache, sans que personne sorte de la région parisienne – d'où l'intérêt de soigner les supports visuels et de privilégier dans les annonces la lumière de juillet. Trois cent mille euros sur parole parce que le causse ça rend bien en photo, on rigolera moins en décembre en attendant je vous écoute pour les numéros de la carte bancaire. C'était probablement faux, les ventes en trois minutes, mais ça faisait rire dans les boutiques. En vérité, après des mois de recherches incluant la Lozère et le Périgord, les urbains arrivaient par l'A20 et rénovaient un ensemble quercynois comprenant presque toujours une habitation praticable, un puits et une grange effondrée sur des vies romancées, bergers ou sourciers, qu'ils se raconteraient en dépierrant la parcelle. La première année, les nouveaux venus s'épuisaient à remonter les murets de pierres sèches, à faire venir la 5G, travaillaient à la fois pour Paris, pour les Bâtiments de France, pour un rêve écologique et autonome, pour le tissu économique local, pour l'épanouissement des enfants qui pouvaient enfin avoir un chien. Ils comblaient le puits en priorité, souvent à la pelle. Ils repartaient dans les vingt-quatre mois, rétamés, laissant la Quercynoise en cours de résurrection et de l'argent aux notaires. Pas tous, mais beaucoup.

Aurore, c'est autre chose. On ne se fout pas de sa gueule. On la connaît un peu, on dit « la fille de la sorcière » parce que sa mère cueillait des simples, tirait les cartes et coupait le feu. Sabine accueillait dans la maison du causse, bien sûr quand on la trouvait, quand on y croyait, tel enfant qui avait empoigné le fer à repasser par la semelle et qu'elle semblait soulager par simple contact, tel récalcitrant aux psychotropes sur ordonnance qui voulait désormais soigner sa saisonnière envie d'en finir avec du millepertuis, tel malade du cancer au terme d'un protocole de radiothérapie. C'étaient surtout des femmes, des cancers du sein, des pas si vieilles, la cinquantaine, qui venaient parfois de Figeac et que Sabine avait rencontrées au CHU.

On ne dit évidemment pas que cela. Pas que « sa mère la sorcière ». On dit aussi d'Aurore qu'elle ne veut pas d'histoires. On la trouve polie, c'est-à-dire distante, mais on lui laisse cela qu'elle, elle veut vraiment vivre ici. Est-ce qu'elle saura, pas sûr. Même sa mère on ne pouvait pas complètement parler d'intégration, avec ses tarots et ses airs. Cela ne s'invente pas, vivre ici. Il faut naître, travailler, connaître. Et Aurore ne vient jamais au café, elle n'achète pas de pain, c'est toujours inquiétant les gens qui ne mangent pas de pain, comme ceux qui n'ont pas d'amis. On ne savait pas encore si elle souscrivait aux deux catégories mais l'on avait son idée. On ne l'avait jamais vue qu'avec son fils. Elle avait eu les flics, en janvier. Un seul en réalité qui sûrement ne venait pas pour elle, qui devait chercher quelqu'un d'autre, un braconnier ou un gitan. On ne voulait pas le savoir, elle avait eu les flics, point.

C'est tout cela, la sorcière, les flics, la politesse, le pain qui revient à l'esprit de la clerc de notaire quand Aurore en colère, tout savoir-vivre laissé devant la porte, demande à voir maître Pradel d'urgence. Maître Pradel ayant manifestement signé il y a près de deux ans la vente en viager de la maison de famille, la sienne. Sans rendez-vous, non, pour prendre rendez-vous il faut savoir ce qui vous tombera sur le coin de la figure et sa salope de sibylle de Sabine de mère qui prévenait tout le monde de toutes les tuiles, sauf sa propre fille, est morte. Alors il est là ou pas, maître Pradel ? Elle pense, la clerc, que ça tourne mal déjà. Que la dame sans histoires est sur le point d'en faire une. Encore un foyer fiscal qui va reprendre le Cahors-Paris plus tôt que prévu, alors que son petit Cosma maintenait ric-rac l'effectif de l'unique classe de CM1 de la communauté de communes. Bientôt Aurore s'engouffre dans le bureau du notaire comme chez le coiffeur pour la frange, s'imposant sans rendez-vous entre deux clients, racontera plus tard la clerc, inspirée.

L'employée verra sortir du bureau une Aurore engourdie, assommée par une histoire, en effet. Une histoire qui se tient, juridiquement parlant, et dans laquelle Alexis tient le rôle du gagnant. C'est l'histoire de Sabine qui vend sa maison en viager à une époque où son activité paramédiumnique régionale persiste à n'être point rentable. Elle propose la demeure pour cinquante mille euros à un client qui s'en est déclaré raide dingue. Pour lui, cinquante mille, ce n'est pas colossal, il les gagne en trois mois maximum. Bref, l'acte de vente est tamponné, Sabine a de quoi vivre pour les années à venir, qui se réduiront à dix-huit mois, Alexis regagne Paris heureux et songe au causse comme à

Ithaque. Sabine se sachant malade, a exigé non une rente, mais un paiement en bouquet, c'est-à-dire versé en une ou deux fois : les trois quarts la première année, le reliquat la seconde. Ce qui explique qu'aucun mouvement n'ait été visible sur les relevés bancaires de Sabine lorsque Aurore a tardivement clôturé les comptes de sa mère. Non, une fois la vente faite, maître Pradel n'avait ni à prévenir Aurore que sa mère se délestait de son héritage, ni plus tard à prévenir M. Zagner du décès de la propriétaire – une personne de confiance, mentionnée dans l'acte de vente, est désignée pour cela. Bref, il n'existe aucune obligation en la matière et maître Pradel a trop de travail pour s'occuper des nécrologies du département. Enfin, comment Aurore a pu passer à côté de cette information, Alexis vient de le lui faire comprendre une heure plus tôt. C'est tout bête. Elle a mis huit mois à appeler le Crédit agricole pour fermer les comptes de Sabine, le solde créditeur était très mince mais elle les a fermés. Aussi, lorsque Alexis a adressé son deuxième versement, il a été rejeté. Alexis a différé, à son tour, le moment de s'en occuper. Ajoutons que la personne de confiance indiquée dans l'acte de vente, celle qui avait de toute évidence oublié de le contacter, s'était en outre révélée injoignable. C'est en téléphonant à la mairie du village qu'il a appris le décès de Sabine, en a légitimement déduit son état de propriétaire définitif. Il n'est pas venu tout de suite sur ses terres. Il n'en avait pas la nécessité impérieuse et puis il répétait. Tout cela a pris du temps. Un an.

En attendant le retour de celle qu'il fout dehors, Alexis n'a pas bougé de la cuisine, tassé sur une chaise, dans le coin le moins lumineux de la pièce. Il a un problème avec le jour ou avec le fait d'investir les mètres carrés de cette maison autrement qu'en théorie. En retrait de la fenêtre, il conserve une vue d'angle sur le GR 65 qui longe la maison. Il voit revenir Aurore, l'observe pousser son VTT sur le sentier de grande randonnée, obliquer vers la bâtisse et tout aussitôt jeter furieusement son vélo dans les cailloux. Oui, mais bon, soupire Alexis, il fallait bien que j'en parle.

Aurore demandera aussi calme que possible pourquoi celle-là. Pourquoi cette maison. Le Lot pullule de baraques à vendre autrement mieux rénovées, et l'Aveyron aussi. Vous êtes allé faire un tour en Aveyron ? C'est juste à côté. Et lui de faire encore une réponse sans réponse dedans, suggérant qu'il en va des pierres comme des amours et des choix sans raison. Quand c'est comme ça, quand c'est le cœur qui part devant. On ne sait jamais pourquoi elle ou pourquoi lui, pourquoi surtout pas l'autre. Il est désolé, lui aussi accablé. Il avait acheté une maison à une vieille dame et maintenant il avait une tragédie, encore une.

Il ne dit pas qu'il l'avait achetée en deux heures, guidé par le sentiment confus et qui s'aiguisait depuis quelque temps qu'un jour il lui faudrait se cacher, sans savoir de quoi. Une guerre, quelqu'un, va savoir. C'est ici, sur le causse, que trois ans auparavant il avait senti pour la première fois tourner le vent, perçu au flair que bientôt sa vie ressemblerait à l'orage. Un événement qui passe et dont il convient de s'abriter. Et il avait assez d'argent et de fantaisie pour matérialiser sans hésiter ce genre d'intuitions d'une seconde, minuscules élans libertaires qui chez les autres seraient restés au stade des fulgurances avortées. Cela, il ne le dit pas, elle le prendrait pour un maniaque.

Pas sûr.

— Elle est grande, la maison, rectifie Cosma. Et nous on n'est que trois.

Cosma parle sans précipitation, comme si rien n'allait changer, avec ce placide premier degré que les nouveaux venus peinent en général à cataloguer, entre niaiserie et métaphysique. Mais Alexis s'est déjà fait une idée et pense que le gosse est gentiment astral, juste très très ailleurs, encore plus à l'ouest que le point GPS qui présentement nous localise.

— Deux plus mamie, chuchote-t-il afin qu'Aurore ne l'entende pas.

Ça la rend folle, ce voisinage que le petit s'invente avec le fantôme de Sabine alors qu'on était débarrassés.

— Donc trois.

— Ça ferait quatre, conjecture sérieusement Cosma.

Car pour Cosma Alexis n'est pas un problème mais une perspective. C'est un enfant. Il veut que la tendresse arrive, pour s'y ajouter. C'est tout.

Alexis répète qu'il est désolé, il ne sait pas comment il, comment ça, comment on peut se, enfin qu'est-ce qu'on...

— Taisez-vous.

— D'accord.

Qui n'est pas désolé, qui ? Tout le monde est désolé, le gouvernement, les médecins, l'armée, l'école, toute la France est désolée, dit-elle – aurait-elle voulu dire, du moins, mais elle y pensera plus tard. Désolé, c'est la base du récit national, un truisme, la plus gratuite des plus éculées des phrases de vaincus. Cette maison c'était le contraire, le contraire de désolé, donc de vous. Gai, joyeux, ravi, réjoui, riant, récite-t-elle d'après le dictionnaire des antonymes, de moins en moins calme, désolé c'est vide et le contraire c'est plein. C'était ici, l'endroit qu'elle avait trouvé pour regarder des choses pousser, et pas seulement des fleurs. Et elle envoie valser du pied un laurier en pot, et elle crie : un lieu à soi, putain.

— Vous n'êtes pas complètement crétin, vous avez lu des livres, au moins des magazines, vous connaissez l'importance du lieu chez les femmes, oui ou merde ?

— Pardon.

— Ta gueule. Le lieu du bout de la route, du bout les sorties de route et les faux raccourcis, l'endroit à sec quand on n'y croyait plus, après avoir défait les uns après les autres les nids qu'on forme avec les oiseaux mâles, vous voyez de quoi je parle ?

Pas trop. Alexis pense que l'on s'égare mais se tait. Apparemment chez Aurore il s'agit que tout cela sorte et ça tombe sur lui.

Elle continue ; elle parle mal parce qu'elle sait que ces hommes-là détestent ça, les femmes qui parlent mal. Plein le cul de se traîner comme une conne d'hirondelle des bouts de trucs pour rafistoler les nids, des plumes, du coton, un couvre-lit, les bibliothèques réunies, les dessins du petit à la maternelle avec deux soleils et une maison, des photos, des fêtes, des murs d'ennui et des toilettes pour s'enfermer téléphoner à pas d'heure à des amants planqués dans les leurs, sans regarder le poème de Kipling punaisé sur la porte des W.-C. du nid en cours d'autopulvérisation qui dit *Tu seras un homme, mon fils*. Tu seras un homme si tu peux voir détruit en un jour ce que tu as mis une vie à bâtir et sans mot te remettre à construire, alors. Alors en refaire un, de nid. Encore un, plus loin avec les bouts de trucs qui restent, les édredons et les dessins du gosse de plus en plus moches, de plus en plus rouge et noir, avec des bonshommes sans bras, les cartons du peu de vaisselle qu'on ne s'est pas envoyée à la tronche et le poème de Kipling pour se torcher avec, ce sont les femmes qui rebâtissent mon fils, tu vois bien. Les livres où l'on a mis son prénom parce que désormais ce qui est à soi est à soi, et ce nouveau nid, là, hâtif et mal foutu, au revoir, encore, et alors. Alors non, cette fois. Pas alors. Ça s'arrête. Un jour, elle trouve l'endroit. Sa mère lui a laissé quelque chose, quelque chose juste pour elle, pour une fois. Une maison, des murs de pierres soudés par deux siècles de lichen, un cyprès, un écureuil. Elle peut recommencer à partir de là, finir d'abandonner le poste des femmes tenaces et épuisées. L'endroit où regarder le petit garçon devenir autre chose qu'une ordure, c'est ici.

C'était.

Car en réalité sa mère ne lui a rien laissé que des ordres, des expressions, une recette ésotérique d'îles flottantes et même pas son don. En réalité un fils de, un connard de festival dans ses droits enregistrés devant notaire, vient de se réveiller un matin avec une grosse envie de pénétrer une petite maison dans la prairie et le soir vous met sur le trottoir, noircit-elle enfin le tableau, en prenant tous les sens interdits du langage et des exemples dans Zola, exténuée.

— C'est bon ?

— Non.

— Je suis désolé, ne trouve-t-il pas mieux à dire, toujours pas.

Et comme il restait là, que Cosma était trop petit pour sortir le fusil qu'on n'avait pas, Aurore s'est dressée avec une force qu'on n'oserait plus dire d'homme quand on la voit ainsi, arc-boutée, pousser le propriétaire en bottines hors du territoire, le faire glisser telle une armoire de la cuisine à l'entrée. Perron, gravier, chemin communal, enfer.

Il est sorti. Il n'est jamais venu, on a rêvé mon fils. Cela arrive dans les déserts, les mirages d'homme et le vent qu'on prend pour des voix.

Cosma, un instant saisi par la beauté du spectacle, s'est décidé à quitter la position du guetteur. Il est allé s'asseoir au sol pour jeter ses cailloux d'améthyste en pluie sur le plancher et chuchoter pour lui seul les conclusions que dictait leur désordre.

— Tout va bien, maman.

— Tu trouves ?

— On a de la chance, dit-il en désignant l'un de jetons, gravé d'une sorte de virgule, lui c'est la récolte. Si elle était à l'envers, c'était la tempête.

Elle pense toi aussi ta gueule et monte à l'étage se taper la tête contre ses murs à lui.

— Ah et quelqu'un va mourir, poursuit le petit dans l'indifférence générale, désignant l'une des pierres qui a roulé loin des autres. Mais c'est bon, c'est pas chez nous.

Plus tard, dans la soirée, ils ont vu l'alerte sur la chaîne nationale en direct. Ils ne la regardaient jamais. Mais ce soir Aurore avait dit sors mon chéri, va jouer dans l'herbe, je vais mettre le journal pour une fois, j'ai besoin de faire le vide. Comprendre : j'ai besoin de me changer les idées avec des morts par statistiques et populations civiles plutôt que par un seul écureuil, des civilisations éteintes et pas que mes rêves de paix et, plutôt que ma seule allée, des pays entiers ratissés par l'aviation et la connerie occidentale. Des pics de pollution en Île-de-France sans proportion avec mes remontées acides. Tu reviendras après la météo.

Ainsi apprend-elle sur France 2 qu'Alexis a donné dans un fracas médiatique le rôle de sa vie à une femme et qu'il est depuis introuvable. Comme l'actualité immédiate était morne, que personne de talentueux n'était mort sur quelque scène que ce fût, la déclaration d'Alexis faisait le deuxième titre du journal télévisé. Si la volatilisation d'Alexis avait atteint la durée réglementaire autorisant qu'on use désormais du terme réfrigérant de « disparition », cette manifestation verbale lui retirait une part de tragédie. Il était toujours là puisqu'il parlait, puisqu'il pensait, selon le terme en vigueur, à son empreinte sociale.

Bien. On aurait donc affaire à un être solaire venu se protéger à la campagne des éclats de sa propre lumière. Une exception, aura dû songer Aurore, et une exception on ne l'abandonne pas dans la nature. Ceci expliquant qu'elle soit partie subitement le lendemain matin à la recherche d'Alexis et de son véhicule prétendument en panne, espérant qu'ils n'aient pu redémarrer ensemble.

Le héros de western est un centaure. Il emmène toujours entre ses jambes un véhicule léger qui le meut, cheval ou mobylette. Outre d'obscures implications sexuelles, s'exprimeront dans cet attelage nomadisme et agilité, souveraine mobilité et provisoire refus de l'enracinement territorial auquel condamne la civilisation du ciment. La mobilité d'Alexis devait toutefois être relative avec ce gros Toyota gris qu'Aurore débusque à l'ouverture du sentier pédestre. Une sorte de Duster même pas électrique et très haut sur roues, qui doit pouvoir, se rejouira Cosma quelques heures plus tard, passer sur les chats sans les aplatir.

Le centaure est dedans l'engin, assoupi, portes ouvertes. Aurore se fait d'abord accueillir par une bouffée musquée, le parfum mort du cuir neuf le disputant à celui, ardent, des chaussettes, du niaouli et du cédrat. Il avait dû s'asperger d'eau de toilette, il est loin d'avoir renoncé à tout. Sur le siège avant, une bouteille d'eau et l'anthologie de poésie de Jean-François Revel. En résumé, généreux jusqu'à preuve qu'il soit fou, discret, soucieux des apparences et des parfums déposés dans son sillage, esthète et contemplatif ou projetant de le devenir. Aurore rassemblait ainsi toujours plus d'informations sur le type qu'elle ne voulait pas connaître, tandis que lui, écroulé sur le siège passager, trahissait les sursauts annonciateurs du réveil.

Il a ouvert les yeux, a refermé la bouche. Ils se sont regardés un instant. Lui n'osant pas la ramener, resté sous l'effet de la force motrice qui l'a expulsé plus tôt, elle retenant l'invitation irréfléchie qui lui montait aux lèvres. Pas longtemps.

— Vous n'allez pas dormir là-dedans ?

— Non ? souleva-t-il, espérant un développement en sa faveur.

Elle fit les questions et les réponses. Vous ne voulez pas de la célébrité dont on voudrait vous accabler, des offres d'encartement que les associations féministes font déjà pleuvoir, vous ne voulez pas être renvoyé à la responsabilité de vos actes pourtant glorieux et recueillir la récompense d'un geste qui en annulerait la bonté. Vous êtes chrétien ou quelque chose comme ça.

Alexis n'en revenait pas. Ainsi l'existence savait être aussi praticable ; les femmes pouvaient quand elles voulaient vous épargner la fatigue de mentir ou de les convaincre.

— Exactement, dit-il, soufflé.

— Je vais vous faire du café.

Aurore l'a de nouveau invité à l'intérieur, à la condition qu'il cesse pour le moment de se prétendre propriétaire des lieux. Elle allait réfléchir à la situation mais quelque chose en elle s'y refusait. Quelque chose d'imprévu qu'elle n'avait pas envie d'interroger.

D'accord.

Concernant la maison, elle ne pouvait faire autrement, à ce stade, que nier la réalité. Il ne pouvait que comprendre, lui qui vivait somme toute de la fiction. Son reçu, son dernier versement et son acte de propriété, elle l'invitait dans un premier temps à, comment dire… elle cherche une expression décente pour dire « se torcher avec » mais le français peut se révéler parfois d'une stupéfiante pauvreté.

D'accord.

On allait lui trouver un endroit pour dormir dans les combles aménagés, le temps qu'il estimait nécessaire pour que la télévision et la gauche s'intéressent à quelqu'un d'autre. Il méritait à son tour un beau geste, après tout. On allait pousser l'inutile voiture dans l'étable. Il pouvait selon elle se promener dans le jardin. Peut-être pas sur la place du village, à présent que son visage était passé d'un peu connu à excessivement populaire.

— Pas sur la place, répéta-t-il fermement.

Peut-être plus loin, dans les forêts alentour.

— Je vous montrerai, promit Cosma, entre-temps revenu de l'école où on apprenait décidément des choses sans intérêt comparables aux affaires auxquelles on se proposait de l'intéresser en échange de son silence.

— Cosma, regarde-moi mon grand, écoute.

Comprenait-il qu'Alexis ne souhaitait pas être un héros au sens classiquement médiatique du terme, le temps que ça se tasse ?

Oui.

Comprenait-il qu'il était inutile d'impliquer l'instituteur ou les petits camarades dans ce secret ? Conserver un silence responsable, y parviendrait-il à son âge ?

Cosma fréquentait déjà assidûment le secret. Le secret des vies cachées dans les objets inertes, dans les cailloux, le secret des fantômes dans les murs et les armoires et celui des histoires qu'il murmurait à sa solitude. Quant au silence, le silence des chambres et des bois, le silence à l'inverse de parler pour ne rien dire, le silence était son préféré d'entre tous les petits camarades. Et enfin Cosma voyait quelque chose prendre forme qui ressemblait à un groupe, s'éloigner le fardeau de veiller seul sur Aurore. Il allait coopérer.

Dans les heures suivantes qui menèrent au terme de l'après-midi on prépara plusieurs fois du café – à moins qu'on ne le fît réchauffer, au point où nous en sommes. Alexis fut invité à pousser ses convictions en matière de parité salariale dans le théâtre. Oui, confirma-t-il, il avait récemment appris qu'il avait toujours été davantage payé que ses partenaires féminines à investissement égal. S'il l'avait su plus tôt, il en aurait conçu cette vive indignation depuis un bail. Mais aucune comédienne, dit-il avec aplomb, ne l'en ayant jamais informé, il n'avait pas deviné.

Sur quelle effronterie on se serait laissé aller à la franche rigolade si on ne craignait pas d'aller un peu trop vite. On prit bientôt un apéritif tandis que Cosma, un poil collant, finalisait un devoir d'arithmétique sur un fond de grillons, tissu sonore qui suggéra à Alexis une analogie avec la mandoline.

Dans le western, où l'anarchie est naturelle, où c'est le calme qui doit s'imposer, quand la paix est figurée trop tôt, c'est mauvais signe. Repas autour du feu ou instruments à cordes sous les étoiles, qu'importe l'allégorie, rien n'est plus proche, faut-il entendre, que le combat. De ce charme de l'intimité que l'immensité menace on ne pourra rien garder, rien saisir. Sinon la densité des émotions qui se savent précaires.

Tandis qu'Alexis passait aux yeux d'un enfant de sept ans pour un envoyé du ciel, on avait les pieds sur terre à sa place. Tout convergeait, avec une certaine fluidité, à ce que son bien joli petit monde s'écrase.

Diane Elder, anciennement Elvire, s'exprimera dès le dimanche soir après le *20 heures*, louant de son évanescent ex-partenaire la rigueur morale, la générosité et cette performante conviction féministe qu'elle lui avait découverte en même temps que tout le monde. Dans la culture comme dans tous les lieux de pouvoir, il faut soixante ans pour qu'on joigne à la parole électoraliste un geste significatif. Alors un homme qui actionne la modernité, ébranle tout l'establishment avec dix lignes et sans parader, chapeau. Ses cils battront une seconde pour disperser des larmes perlantes, son regard ira chercher très haut au plafond une phraséologie digne du sujet et rapportera de cette expédition « je salue chez Alexis le sens désintéressé de l'Histoire en marche ».

Ou le sens du vent, ou l'opportunisme, ou un simple coup de mou et pas spécialement le besoin d'un rôle de plus pour bouffer, tentera bien de soulever sur un autre plateau un polémiste insomniaque connu pour sortir son revolver au mot « désintéressement » et émargeant à une rédaction connue pour tout salir. Des paroles qui s'éteindront aussitôt dites dans la nuit froide de la TNT tandis que flambera sur les réseaux le hashtag #donnetonrôle et qu'on floquera en série des tee-shirts *Je lis Donne Juan*. C'est une histoire qui met, à quelques rabat-joie près, tout le monde d'accord. L'histoire de l'homme blanc qui, atteignant en même temps que le sommet de sa carrière un impressionnant plan de conscience, se dépossède de sa gloire au profit des femmes du même âge dont ses tristes congénères avaient pu prétendre qu'elles n'étaient plus baisables. Puis qui disparaît dans le discret fracas de cette forme oubliée d'être au monde, la décence. C'est ça, un exemple, c'est ça agir. Le reste c'est se vanter. Et puis donner c'est quand ça coûte. Alexis s'assoit sur trente représentations et un cachet de cent cinquante mille euros. Cent six mille corrigés par l'inflation, cinquante mille après impôt sur le revenu, retente le polémiste aigri que personne n'écoute. Alexis, qui ne montre même pas sa bonne tête couronnée, est décidément insoupçonnable. S'il avait paradé avec son auréole on eût conçu des doutes. Partout s'élève un front de soutien à Zagner. Où qu'il soit, s'il a besoin de quelque chose, si l'envie lui prend d'exprimer ses valeurs d'avant-garde dans la médiathèque de Saint-Genest en Loire, ou auprès des premières L de tel lycée Edgar-Quinet, il sera chez lui. Des déclarations, des emportements, où l'orthographe de Jean-Baptiste Poquelin alias Molière et de Dom Juan rivaliseront parfois d'audace, laissant supposer que le répertoire classique ne l'était pas tant que ça, preuve supplémentaire qu'il était temps. Le geste d'Alexis prend alors une dimension malrucienne et une aura de génie du BTP: non seulement il dégage à la pelleteuse l'accès des femmes aux grands rôles, mais il défonce la porte blindée qui séparait la France profonde de la culture de patrimoine. Du moins c'est l'impression que ça donne. Si la pièce se vend par piles, on ne sait pas qui l'achète. Chez Bordas, où le texte est encore distribué avec en couverture l'un de ses plus glorieux interprètes, Michel Piccoli, on contemple l'idée d'une réédition un peu plus gaie. Alexis en médaillon et le hashtag #donnetonrôle en bandeau. Mais ne serait-ce pas précisément manquer la lettre ? Il faudrait imprimer une Elvire, en toute cohérence. On craint d'exagérer pour le coup, d'aller plus vite que la foule. On laisse comme ça.

Quelqu'un dit à quelqu'un qu'au ministère de la Culture on a voulu confier à Alexis la direction d'un groupe d'étude sur les pratiques culturelles des jeunes. Et qu'à la réflexion on a songé à l'appeler pour lui confier carrément le ministère. Alexis n'aurait pas décroché.

Concernant son entourage proche, puisque l'épouse d'Alexis se refuse à tout commentaire, ayant de toute évidence signé avec son mari un accord de discrétion, on cherche ailleurs. On trouve sa mère, sa mère à lui, en Meurthe-et-Moselle. Odile.

Odile ouvre la porte à un jeune journaliste dont on découvrira plus tard l'engagement et les motifs, on a le temps. Le bruit flatteur autour d'Alexis a éveillé les soupçons de la rédaction du jeune journaliste et on a pensé utile de préparer quelques éléments. Pour le moment, ses manières, une politesse d'ouvrier qui dit merci deux fois et n'ose pas s'asseoir, rassurent la vieille dame.

Le jeune journaliste découvre une femme en pantalon fuseau acrylique lâche porté sur des tennis en toile, un pull bleu, un gilet fuchsia boutonné sur le pull, quelques cheveux roux et courts qui peinent à réchauffer un corps peureux dépendant d'un crâne étroit. Elle ne semble pas percevoir la température extérieure, élevée. Sinon que sait-on d'Odile, à ce stade ? Quelque part dans ce récit Alexis dira d'elle à Aurore, résumant son existence dans un précipité de drames ordinaires, de travaux de linge et d'hommes qui mentent, il dira la vie de ma mère a tourné autour de deux événements : le premier, quitter à dix-neuf ans son père pour épouser enceinte, éperdue, son premier partenaire sexuel, le père d'Alexis ; le second, être quittée par ce dernier avant les treize ans du petit, le voir s'installer à deux kilomètres avec une autre pour refaire famille, et des deux qui procédaient de lui, Odile et Alexis, n'avoir plus rien à foutre.

Bref, d'Odile on ne sait rien. Sûrement y avait-il d'autres choses à dire, des élans formidables, des secrets. Tant pis.

— Vous prendrez un thé avec moi. J'ai du cidre aussi.

— Oui, merci.

— Oui merci du thé ou oui merci du cidre ?

— Un thé, merci.

Le visiteur peut l'appeler Odile, elle n'a jamais été Mme Zagner, elle n'était pas mariée au père d'Alexis. Il n'y avait de Mme Zagner qu'Olivia, l'épouse d'Alexis, la danseuse. N'y avait ? Oui. Ils divorcent, vous ne saviez pas, mon Dieu, s'émeut la vieille, vous n'êtes pas encore complètement entré et elle a déjà dit une bêtise, on ne devrait pas faire cet entretien avant qu'elle ait pu parler à Alexis, il promettait de lui téléphoner dans son dernier message. Le jeune journaliste est d'accord. Ne faisons pas cet entretien si Odile n'a pas la permission de son fils, il ne voudrait pas l'exposer à des remontrances. Odile n'a pas dit ça, Odile n'a pas besoin d'autorisation, elle n'est pas sénile et n'a rien à dire que des bontés. Venez, on va se mettre au salon, il y a les albums.

Alexis a eu une enfance, la preuve, Odile a des photos. Très peu. Bien qu'il ait été, entre zéro et dix ans, photographié à tout bout de champ, car il était beau quand autour tout était moche, se souvient Odile sans émotion apparente. Mais son père ne faisait développer les prises qu'en diapositives, à l'époque c'était beaucoup moins cher, mais aujourd'hui elle n'a plus l'appareil pour les projeter. Elle extrait d'une boîte en carton, une boîte Scholl taille 38, des photographies déshydratées, quelques rares clichés d'Alexis dont un très net. Lui à neuf ans, déguisé en soldat de la Grande Guerre, pris dans une parade de Mardi gras. Il porte un casque de chantier fixé sous le menton avec un élastique, un pot de camp en bandoulière, un trop vaste bleu de travail chiffonné à la taille par un ceinturon. Un fusil en bois, des bottes de pluie.

— Il fait la tête, s'amuse Odile, il sait qu'on ne rigolait pas dans les tranchées, il avait déjà la vocation.

Le jeune journaliste observe un long moment le petit soldat. Lui, il devrait déchiffrer dans le regard et le rictus du gosse l'humiliation cuisante de porter parmi les Schtroumpfs et les Musclor un costume de pauvre, triste à se coller une balle en bois. Il ne joue pas le môme qui marche dans la boue, il marche dans la boue. La vocation est éclatante en effet : c'est celle de s'arracher.

Odile évoquera le calme Alexis, son intelligence, son goût de l'effort qui l'aurait mené à n'importe quelle réussite, même à devenir professeur ou médecin. Il travaillait comme d'autres jouaient au tennis, gaiement, se classant toujours plus haut. Alors pourquoi le théâtre, Odile ? Eh bien par amour, jeune homme, pour une jeune fille très bien, le premier amour d'Alexis, qui préparait le Conservatoire contre l'avis de ses parents, des gens du beau monde. Il en était fou, elle l'habillait comme elle voulait et lui l'aurait suivie n'importe où. Elle est montée à Paris pour devenir actrice, Alexis l'a suivie. Mais Louise – son prénom c'était Louise ou peut-être Charlotte – elle avait un problème avec le par cœur se souvient Odile, et Alexis l'aidait à répéter, au début. Paris a gardé Alexis et la petite est rentrée.

— Il en avait beaucoup, des copines ?

— Encore du thé ?

— Oui. Il était comment, plus jeune, avec les femmes ?

— Je vais réchauffer celui-là.

— Il a dû en briser, des cœurs, non ?

— J'ai aussi des biscuits roses, vous dites des biscuits de Reims je crois à Paris.

— Il a gardé contact avec Louise ? ou Charlotte ? Elles vivent encore ici ?

— Mon Dieu, je n'avais pas vu l'heure. Vous êtes venu comment ?

— En train.

— Vous devriez y aller. Qu'est-ce que vous avez trouvé ?

De la boîte Scholl taille 38 le journaliste vient d'extraire une carte postale qui dit « tout va bien, j'ai trouvé un endroit qui me donne envie d'y vieillir ». De l'autre côté quatre vues, un fleuve, un château, une falaise, un troupeau, paysages du Lot, 46. La carte a été oblitérée il y a cinq ans. Odile la replace dans la boîte, Alexis n'écrit jamais de carte postale, c'est la seule, alors elle y tient.

Sur le causse tel que vu sur la carte, c'est la nuit qui vient après le deuxième jour, Cosma dort. Aurore et Alexis s'occupent, qui se saisissant d'un livre, qui vérifiant le contenu d'un cartable. Ils se croisent dans l'escalier, dans l'entrée, s'efforçant de produire les petites banalités qui aèrent le silence tout en le préservant. Des serviettes, vous en avez là, il y a une seconde couverture dans l'armoire. Les mouches, c'est normal, à cause des moutons, ils sont tout près dans les estives. Où j'ai foutu ma veste, moi ? Sur la chaise, en haut. Vous ne devez vraiment prévenir personne, pourquoi n'avez-vous plus de téléphone, ça ne me regarde pas, pardonnez-moi.

Puis ne s'efforçant plus. Acceptant le silence comme un tiers séparateur. Encore deux heures, la rotation du soleil et le correcteur de consommation électrique faisant son œuvre, on est à nouveau dans une quasi-pénombre et face à l'impératif de communication. Cosma est monté tôt, sans satisfaire pour la première fois à son rituel d'éclairage. Alors

Alexis sort et prend sur le perron les petites lampes solaires chargées à bloc, en porte deux au salon, les pose dans le cantou et les allume d'une légère tape sur l'abat-jour métallique. Tout ceci sans aucune latence dans l'exécution d'un rite qu'il aurait toujours connu. Aurore pense qu'il va trop vite et qu'il observe tout.

Elle s'est assise, il s'assoit aussi, mais pas tout près. C'est une activité suffisante. Ce n'est pas ordinaire, l'autre en face dans le noir sans autre occupation que l'autre en face. Ils aimeraient se connaître davantage, c'est criant, mais toujours le langage qui se cabre, qui s'enfuit quand on l'approche, qui doit savoir ce que ça donne quand il se laisse dompter. Des poses, des impasses, des ténèbres, des demi-vérités.

— Vous pouvez allumer la télévision ou sinon j'ai...

— Non, non, sauf si vous-même vous...

— Moi ça va, vous voulez boire quelque chose, j'ai des...

— Oh oui.

Cela va être long. On pourrait bien sûr de nouveau se sauter dessus, ce serait une distraction mais pour Aurore, pour Aurore du moins, il n'en est plus question. Dès lors que l'autre s'est mué en propriétaire, corps adverse et colonisateur, ce serait se soumettre à l'ordre, au lourd. Et pour Aurore le poids d'un homme sur elle au sens figuré la dégoûte du poids de cet homme sur elle au sens propre.

Aurore se lève. Elle revient transportant des verres et quelques flacons. De translucides liqueurs fruitières qu'on offrait à Sabine, de celles qu'on ne sait jamais bien à quel fruit associer, prune ou poire, mais qui arrachent. À l'ouest, l'alcool préside à tout. Aux provocations, aux duels et aux décisions, ainsi qu'à la désinfection des blessures. Il est surtout un hypnotique efficacement utilisé pour assommer les gens avant extraction des balles ou de la vérité. Bientôt il a osé demander, désignant les alentours d'un geste circulaire du bras :

— Vous, ici, pourquoi ?

— Pourquoi quoi ?

Comme si c'était pas clair. Pourquoi cette maison toute seule sur la roche et elle toute seule dedans.

Elle lui avait déjà répondu. Une sorte de chute voici un an et demi, la nostalgie d'une relation perdue avec la terre, cette idée en nous tous que la vie est pile en dessous du ciel, près d'un arbre. Et parce que c'est toujours à l'ouest qu'on va, c'est bien connu.

C'est très joli mais ce n'est pas vraiment sa question.

On la connaît sa question, on se la pose tous les jours. Pourquoi cette maison comme un caveau et la peau de femme d'Aurore accrochée à la patère, telle une housse, pendant qu'elle devient autre chose mais quoi. Il dit votre mère est partie, d'accord, mais c'est drôle j'ai l'impression que la morte c'est vous. Pardon, c'est sorti tout seul, c'est la prune.

Il faut à Aurore boire davantage pour encaisser les termes, le reste de la prune ou poire pourrait y passer. Elle n'est ni morte ni seule, pour commencer. Elle a cessé de se désirer ailleurs qu'ici et plus généralement de désirer. Ce n'est pas la mort, ni la solitude. C'est la paix.

Alexis pense qu'on ne trouve pas ces formules d'un coup en vidant son verre ou alors c'est qu'on les a préparées, donc c'est nul. Deuxième chance.

— Pourquoi vous ici et il est où, le père du petit, c'est avec lui que vous avez vécu si longtemps ?

— Je vous demande pardon ?

Il répète. Elle se place toujours, a-t-il observé, du même côté de la lumière, du même côté de la table, le même lavabo dans la salle de bains. Elle dort d'un seul côté du lit, il est creusé, ses affaires occupent un seul côté des pièces, laissant l'autre vide. Des mètres de place du mort. Elle emprunte toujours le même côté du couloir, le gauche. Alors il pense qu'elle a demeuré assez longtemps aux dépens d'un homme pour que s'installe l'habitude de vivre comme une moitié, même seule, conditionnée au partage infini des surfaces intimes. Un type a priori envahissant : elle n'utilise dans sa chambre qu'un quart de l'espace et des placards.

— Vous déchiffrez mal.

Peu probable. C'est son métier, comprendre les déplacements. Bien avant le texte. Il pourrait ajouter : et suivre du regard le corps des femmes a constitué la principale occupation de ma vie éveillée, j'ai pour ainsi dire passé mon existence sur un mirador. De cet enfantin poste d'observation, je ne peux désormais plus bouger et vous, Aurore, vous êtes dans les champs, alors ça ne fait que commencer. Mais personne ne dit ça, ça ferait peur.

Et comme elle soupire, comme il pressent qu'elle pourrait aller se coucher et le laisser toute une nuit dans des ténèbres dont elle n'imagine pas encore l'horreur, les gueules ouvertes qui attendent Alexis dans sa chambre, il a une idée. Il ouvre une troisième bouteille de figue ou quelque chose.

— Action ou vérité ?

— Action ! rit-elle, s'attendant à un jeu de caserne de type finissez-les-verres-sans-respirer.

— Faites vos cartons, j'emménage.

D'accord, vérité. Un mariage. Elle a été mariée cinq ans il y a onze ans, voilà.

— Voilà quoi ?

Aurore est saoule, l'histoire de son mariage c'est beaucoup lui demander.

Il oppose le temps devant soi, l'absence d'occupations plus excitantes, à moins que. Il oppose la nuit qui commence. Alcool, fatigue, garde baissée, bientôt le langage fera ce qu'il veut, il le sait.

Histoire de mon mariage, consent bientôt Aurore beaucoup plus facilement que prévu, vautrée sur les coussins du cantou, précisant qu'elle devra chercher ses mots, elle est bourrée. Il dit « top », retourne un sablier imaginaire. Elle s'éclaircit la voix et ne cherche pas longtemps. Ça raconte Paris, Aurore a vingt-cinq ans lorsqu'elle se rend à toutes les soirées où on la convie dans l'hypothèse d'une rencontre. Pas pour danser, pour manger ou parler, pour être choisie. Cela raconte une femme qui très jeune supplie le ciel d'avoir son homme à elle. Qui n'a pas envie de chercher, d'attendre ou d'essayer des hommes trop longtemps, qui pense qu'essayer ça abîme, que goûter pour jeter ce n'est pas humain, c'est l'industrie agroalimentaire. Qui pense qu'ils sont tous pareils et qu'il s'agit moins d'espérer un homme qu'apprendre à en fabriquer un, se saisir du premier qui fut civilisé et le finir à la patience. Ça raconte une naïve qui pense qu'avec un minimum d'intelligence dans la solution chimique l'amour à deux peut tout, qu'elle va grandir et parvenir à l'état de vraie femme par la force pygmaléonine du couple. Donc une soirée qui fut la bonne, Aurore élit pour le faire sien un brave type dont on n'apprendra pas le prénom ce soir.

Les deux intéressés, respectivement vingt-cinq et trente-quatre ans, se disposent à s'aimer comme prévu dans un appartement de cinquante-cinq mètres carrés rue de Bagnolet et on verra bien. L'élu pense qu'on attend de lui le talent d'un seul homme en termes d'écoute, de cunnilingus et de travaux pénibles. Elle, elle s'installe avec une solution générale, un homme supposé tout faire : l'amour, l'éducation sentimentale et la paix dans le monde – son monde à elle.

— Évidemment c'est mal barré, commente un Alexis qui ne s'étonne plus, vu comme on l'a accueilli l'avant-veille de toute cette impudeur.

Aurore si. Elle est la première surprise du déballage qu'elle s'entend poursuivre. « Je ne sais pas ce qu'il m'arrive » avouera-t-elle bientôt. Il lui arrive, outre une éthylométrie de cow-boy, le retour aux fonctions sociales élémentaires. Cela fonctionnerait sur toute personne qu'on aurait postée un an sur le causse avec un enfant pour seul interlocuteur régulier. La personne se défoulera sur le premier adulte venu, s'exprimant in extenso à propos du premier sujet disponible : soi. Typiquement Napoléon se confiant à Las Cases à Sainte-Hélène, c'est trois cents pages de Joséphine et de recettes de fiadone. Reprenons.

Autour, la nuit vieillit et Aurore raconte toujours. Trois ans après on est encore rue de Bagnolet, le loyer n'a pas augmenté, Aurore, nouvellement chargée de communication dans une antenne de la Ville de Paris, peut désormais le partager à cinquante-cinquante avec l'élu. De cela elle est fière comme d'un brevet de réussite sociale, elle a vingt-huit ans. Déjà un peu revenue de ses théories conjugales, elle conçoit un enfant sans faire exprès alors qu'elle avait bien besoin de se materner elle-même, juste un ou deux ans, finir une formation.

— De quoi ?

On s'en fout. Finir cette formation, trouver un travail.

— C'est Cosma ? Vous avez quel âge ? s'inquiète Alexis en manque de repères.

Encore une interruption et elle arrête. On a le temps, bordel. Donc elle est enceinte, elle ne voulait pas, mais par chance elle arrive largement après Veil, Halimi et consœurs, héritière de troisième génération des combats pour la liberté des filles à disposer d'elles-mêmes, à l'image des peuples souverains. Elle va pouvoir maintenir le cap grâce à l'IVG.

— Ah ! OK ! croit comprendre Alexis.

Non pas ah. Ça raconte juste après comment, Simone Veil ou pas, le progrès échoue à pénétrer les consciences avec Aurore dans le premier rôle qui annonce un beau matin sa situation critique au père. Et avec toutes les précautions possibles, sa décision de ne pas la poursuivre. C'est trop tôt, elle a des choses à faire pour elle-même, des idées à faire grandir, des réconforts à obtenir avant de savoir materner quelqu'un d'autre et puis elle a entamé une analyse. L'élu, à sa décharge convaincu d'avoir raison au plus profond des fibres de sa nature de gentil fils de pute, dit alors « sauf que ». Sauf que ce n'est pas toi qui décides, ma chérie.

— Au XXIe siècle ? doute Alexis.

Oui, pourquoi ? Le XXIe siècle n'est pas un miracle, ça se saurait.

Ça raconte ce moment-là. Quand on ne peut plus aimer qui se tient en face de vous, qui vient de nier en bon français une grande partie de votre existence. L'histoire de l'homme et de la femme dans l'appartement de la rue de Bagnolet devrait donc s'arrêter là. Mais continue. Ça raconte la suite ou comment, à travers l'exemple d'Aurore, les femmes se manipulent pour que ça tienne, pour ne pas devoir tout recommencer. Chercher, plaire, rencontrer, rassurer, s'installer, croire, programmer. Surtout les femmes comme elle, qui pensent que c'est déjà un miracle d'avoir son homme à soi, qui pensent que si de toute évidence on n'est pas complètement l'égale de l'homme à soi, c'est qu'on doit faire encore des efforts pour lui prouver que si. On va donc l'avoir, cet enfant, d'accord. Mais elle va faire le reste aussi, la formation, le boulot, le fric, et tu vas voir si c'est pas moi qui décide. Ça raconte à gros traits, à la prune, la fin de l'amour et se faire marcher sur la gueule. Mais le cantou (1809) en a entendu d'autres, des contes d'épouvante, des histoires de loups aux abords des hameaux.

Alexis se tait. Elle le passionne à cet instant, du moins elle le croit, alors elle continue. Deux jours après le « sauf que », deux jours après qu'Aurore a annulé le rendez-vous d'IVG et que sa gynécologue s'en est déclarée très heureuse si elle pouvait se le permettre (non mais trop tard), la femme de l'histoire fait une fausse couche parce que l'embryon a dû entendre que sa mère était une esclave, qu'elle ne faisait pas ce qu'elle voulait. Il s'est décroché dans un sursaut de dignité, emportant la décision.

Aurore s'arrête une seconde pour dire je me souviens, je me souviens de ça : elle à l'hôpital et devant elle l'élu désolé, bouche ouverte, bras ballants, qui prétendait avoir pleuré avant de venir et puis qui prononce : « Tu sais ma mère pense que c'est toi qui l'as rejeté. »

Aurore ferme les yeux pour ne pas entendre une deuxième fois ces mots, quand ils rebondiront sur le silence d'Alexis.

— Ça va ? ose-t-il.

Sans rien ajouter, elle va ouvrir une fenêtre. Il imagine qu'elle a besoin de faire arriver l'air pour que s'échappent les esprits qu'elle vient d'appeler. Il observe sa lenteur pour aller et revenir aux coussins, de quelle manière elle essaie d'habiter la nuit. Elle perçoit cette fois le regard d'Alexis, elle le sent ou pense le sentir. Elle l'entend légender tous ses gestes.

– Le mariage, dit-elle, c'est une phrase. Il n'y a rien de l'autre côté du serment.

– Je sais, dit-il pour la rejoindre quelque part. Je sais.

Elle reprend sa place, elle reprend l'histoire. Ça raconte comment une fois le sang léché elle a tenté encore d'avancer dans le sens qu'elle s'était imposé, elle avec cet homme dans cet appartement du 20e arrondissement, commençant à cesser de dormir à ses côtés parce qu'elle dormait mal. Ils ont travaillé, vu leurs amis, réservé quelques week-ends à Tozeur ou à Biarritz, fait du sport et des expositions d'art photographique. Ça raconte comment la fatigue engendrant la paresse vous fait poursuivre machinalement une route que vous savez mauvaise. Vous voyez ?

Pas sûr, non. Et pas certain d'en avoir envie, Alexis. Il a soudain l'impression de trahir un clan et déjà dans sa tête se forment des phrases pour défendre l'autre, lui trouver des excuses.

Aurore ne veut plus arrêter ça, se verser. Elle ira dans son récit comme en forêt, chauffée par l'alcool. À écouter cette voix ronde qui est maintenant la sienne parler d'elle au passé, elle a trouvé un rythme à sa respiration, un rythme qui lui convient. Elle veut rester là, dans ce chant bizarre qui la berce. Aurore raconte Aurore sans respirer.

Donc elle dure, elle a trente-trois ans. Elle s'accroche aux lambeaux de sa principale croyance : celle que les hommes protègent et guident. Comme les petits s'accrochent aux lambeaux d'un linge sale et enivrant, vous voyez, là ?

— Un doudou ?

— Si on veut.

Adorable. Le patriarcat en forme de lapin synthétique usé et puant, deux oreilles faméliques tossées par de grandes petites filles. C'est l'image la plus sympathique qu'on lui ait proposée pour expliquer l'incroyablement lente extinction de leur règne.

Aurore dure ainsi trois ans sur la route défoncée, enfoncée dans la croyance jusqu'aux genoux, trois années dont elle ne souvient plus beaucoup, faites d'endurance, de rebonds mous et d'attente que quelque chose arrive. Le temps qu'il faut pour finir d'apprendre la vérité : un homme n'est occupé que de sa propre croissance. Si on l'ignore, on ne fait qu'attendre, l'attendre, l'accompagner, découvrir un peu tard qu'on n'a pas sa place à soi. On a juste la sienne. Vers la fin de la route, une autre grossesse, cet enfant-là.

— Cosma.

— Cosma.

L'élu, qui parle mal, parle un jour encore plus mal et prononce une phrase de trop. Quand Aurore quitte le père, Cosma a neuf mois et c'est, dit-on, de la folie. Pas du tout. Mère, elle ne peut plus être la fille de son mari. Et comme il est trop tard pour être autre chose, que l'autre en a pris l'habitude, qu'il parle trop fort, qu'il parle de fric et que c'est foutu, elle s'en va.

— C'était quoi la phrase de trop ?

On ne fait pas un dictionnaire des citations machistes. On devrait peut-être, mais pas ce soir.

— Et lui, le type, il est où ?

Ça ne raconte pas lui.

Elle voit qu'il s'attache surtout à l'histoire de l'homme, que ça l'intéresse davantage. C'est fatigant, mon Dieu.

Elle se trompe. Il est fasciné de l'accès qu'elle lui donne à son monde, il n'a jamais rien connu de semblable, l'accès à une femme autrement que par le corps, par le conte. Il est surpris alors qu'il ne l'était plus dans cette vie. Dégoûté, oui, vaguement ému ou agressé, mais surpris, jamais.

Acteur connu mais acteur comme les autres, animal raffiné, Alexis respire ses partenaires de scène. Leur sueur, leur fatigue, leur peur, leur excitation, il sent tout sans réfléchir et travaille aussi avec ça. Chez Aurore, il flaire une sorte d'apaisement trouble qui veut se poursuivre. Il fait l'enfant, il dit la suite, la suite. Vous quittez la rue de Bagnolet et après ? Le célibat ? La débauche ? Quoi ?

Après, c'est l'âge du désir. Il ne faudra pas la juger. Un désir plus certain, plus pressé, qui veut toucher. Elle est pendant un an cette femme qui a manqué et qui pense que le manque s'annule avec le plein. Elle a suivi son désir qui l'emmenait toujours quelque part. Vers un homme, un endroit de son corps qu'elle découvrait, un lieu sur Terre, vers un autre homme. Vers des douleurs qu'elle a appris à voir venir, à tenir à chaque fois plus tranquilles.

— Vous avez fait le plein ?

Non. On ne fait pas le plein comme ça, c'est même le contraire. De toute façon nous sommes des puits. Regardez ce que l'on boit.

— Combien ?

Pas tant qu'il pense. Cela nécessite un certain temps, identifier un homme. Déceler sous l'épaisseur des sensations contrôlées, des fatigues, son désir pour lui. L'admettre, ce désir, parvenir à s'en réjouir, attendre qu'il formule le sien. En vain.

— En vain ? coupe Alexis.

Eh bien parce qu'il faut tout faire, tout dire, ne jouez pas l'innocent. Les hommes ne parlent plus, toujours moins. Il y avait cette flèche dans leur gorge et maintenant celle au-dessus de leur tête. Enfin, vous savez bien.

Mais non il ne sait pas. Lui il parle beaucoup. Enfin il parlait.

Elle reprend. Formuler donc, se parer, faire l'amour, parler d'amour, attendre, quitter une première fois car quitter vraiment, c'est long, revenir, pardonner, sortir, et tant d'autres verbes. Cela prend du temps et les amants ne se multiplient qu'à proportion de la faculté qu'une mère célibataire aura à multiplier les jours et les nuits. Elle compte sur ses doigts, elle arrive à douze. Douze garçons en six ans.

Que ce besoin d'être tenue dans des bras qui à défaut d'être forts devaient être plusieurs ne la menait nulle part et la faisait tourner en rond, elle ne le dit pas. Elle pourrait dire, puisqu'elle est saoule, âge du désir, mon cul. C'est l'âge qui finit mal, qui vous égare. Dire j'ai loué des chambres à mon vrai nom, traîné des amours sans raison et parfois même sans plaisir. J'ai traîné des types dans la rue dont la main était molle, j'ai donné des horaires, des consignes, à genoux, plus loin, casse-toi, ils ont obéi. Mon désir ne m'a plus menée qu'à moi-même, à me toucher dans la baignoire, et bientôt nulle part. Mais elle en dit la moitié, raconte des épisodes précis, des indécents, Emmanuel et sa quincaillerie, saute des étapes, s'appesantit sur une anecdote d'interdit bancaire, s'accuse d'avoir planté Cosma pour des week-ends au pieu dont elle ne se souviendra jamais, de s'être ruinée en sérums à mille balles tandis que sa chair vieillissait, à toute vitesse mais dedans, du côté où ça vibrait. De moins en moins.

— Et ici combien ?
— Ici personne. C'est le but.
— Personne y compris moi la nuit dernière ?
Y compris lui. Ne lui aura pas échappé qu'il ne s'agissait pas de désir mais du contraire. Le désir, il s'agissait précisément dans cette prise militaire d'en anéantir toute potentialité.

Ah. Si, cela lui avait échappé. Décidément.

Nous nous sommes obtenus, résumera-t-elle, désormais il n'y a plus rien à espérer, c'est beaucoup plus simple. Voici des heures qu'ils parlent sans que rien corrompe leur presque entière disponibilité intellectuelle. Sans quoi, que seraient-ils à l'instant ? Deux esclaves idiots de la sensation, émettant l'un autour de l'autre des cercles concentriques et rapprochés jusqu'à trouver le moyen de s'étouffer.

Pour ce soir elle a terminé. Ça ne raconte pas exactement comment elle est arrivée, là, n'aspirant plus qu'à une brutale consolation, de toute évidence, mais il n'ose plus insister. Quelque chose de dur et faible à la fois s'est reformé dans la voix d'Aurore, on y entend surtout les aigus. Il lui suffit d'écouter pour savoir qu'il faut s'arrêter.

— Action ou vérité ? lui demande-t-elle.
Dans les westerns la règle du jeu est l'une des choses que l'on respecte.

— Action.

— Vous voyez. Vous ne voulez pas parler. La flèche... dit-elle en posant sur sa gorge à lui un doigt qu'elle retire aussitôt.

Elle lui a demandé alors de faire quelque chose pour elle. Quelque chose d'important en quoi elle échouait toujours. C'était l'endormir.

Il ne savait pas comment s'y prendre. Tandis qu'elle regagnait sa chambre, il a voulu se souvenir de chants, de la langue de l'enfance qui fait venir les sables narcoleptiques et peint des créatures au plafond des chambres. Il n'en connaissait plus rien.

Cosma faisait son habituel vol de nuit entre deux rêves, Alexis l'a vu passer dans le couloir, s'arrêter devant l'âtre éteint, éclairé par les lampes. Cosma considéra le tableau un instant, sans surprise. L'homme dont il ne savait que le nom et les pouvoirs sur la foule caressait les cheveux de sa mère assoupie, il chuchotait sur l'air de *Yesterday* une comptine qu'il semblait inventer mot à mot, pour elle. Tout prenait forme.

Ce matin la station météo de Saint-Germain-des-Prés installée quatre mètres au-dessus d'un immeuble, le 12 rue Lobineau, enregistrait des rafales à soixante kilomètres-heure qui auraient dû emporter la jeune femme de quarante-cinq kilos avant qu'elle parvienne au deuxième étage, observe intérieurement l'avocate qui s'apprête à faire entrer Chloé dans son cabinet également sis au 12. Pourquoi autant de chiffres ? Eh bien c'est un petit truc pour remobiliser son objectivité et modérer la vibration passionnelle qui la gagne, elle va en avoir besoin, elle le sait : juste avant, elle a décidé, sur faciès, qu'elle ne facturera pas cette première rencontre, et cela sent le dérapage émotionnel.

Dans la salle d'attente, on pourrait penser reconnaître Chloé la comédienne, la beauté lacrymale candidate au premier tour, avec son si peu fédérateur *Oncle Vania*. Ce serait elle, mais en version diminuée, furieusement affinée par endroits et à d'autres comme bouffée, l'œil serti d'un cercle sombre, toute enfance éteinte. Non c'est forcément quelqu'un d'autre. On ne rétrécit pas si vite, on n'avait pas, autant qu'on s'en souvienne, la vocation d'une peau de chagrin, on rêvait d'expansion du Narcisse, on voulait faire du théâtre. Si, c'est bien elle. Chloé, flanquée de sa mère qui lui ressemble désormais plus qu'elle ne devrait, mère qui n'est pas là pour être décrite mais pour soutenir et accompagner. Elle tient la main de sa fille sans arrêt, pour qu'elle se lève, pour qu'elle entre dans le bureau de l'avocate, pour qu'elle s'assoie. Elle lui murmure, ainsi qu'on murmure aux malades, qu'elle peut se confier à cette compétente avocate. Ce n'est pas la police, Chloé, c'est une femme comme toi et moi.

Alors de quoi on parle. Et qui parle pour commencer. La mère, essentiellement, exposant le motif sur la base duquel elle envisage une action en justice. Violence psychologique.

— Oui mais, interrompt l'avocate.

Violence morale, agression symbolique.

— J'entends bien mais...

Répétée.

— Madame...

Madame sait très bien ce qu'on va lui dire. Qu'on ne fait pas les choses dans cet ordre, d'abord la police, après les avocats. Mais on n'allait pas traîner Chloé dans un commissariat. Des hommes, des fenêtres grillagées en rez-de-chaussée, du linoléum crade sous des néons violents, des cris, encore des hommes, des « mademoiselle mettez-vous là, mon collègue va vous recevoir le temps d'en finir avec les proxénètes et les trafiquants ». On ne fait pas les choses dans le désordre, maître, on fait comme on peut.

— Bien sûr.

Chloé n'a donc pas encore, maître, porté plainte contre l'homme qui l'a détruite mais Élisabeth, une amie, enfin une relation, quelqu'un d'assez engagé qui travaille au ministère, lui a dit qu'un avocat pourrait lui épargner cette épreuve.

— Laquelle ?

Rédiger une plainte cohérente et saisir elle-même le procureur.

— Une plainte pour ?

Vous n'avez pas écouté. Violence morale.

— Contre qui ?

Alexis Zagner. Et les faits vous les avez devant vous, ma fille ou ce qu'il en reste.

L'avocate voudrait entendre son éventuelle cliente dans la mesure où elle est majeure. Elle l'est, maître, mais ne va pas très bien, elle a du mal à s'exprimer. Chloé, ma chérie, tu peux faire un effort. Non, Chloé ne peut pas, c'est un corps auquel on ne peut rien demander de tel avant un moment, criant de démission. À deux cents euros de l'heure tu peux essayer mon poussin, semble supposer le regard effondré de la mère sur la fille. Elle s'attend à une facture, c'est normal, c'est la vie.

Alors les mots viennent, pas immédiatement distincts. Un reste de larmes ou quelque chose sur les poumons met un bémol à chaque voyelle, le larynx est presque fermé. Rares sont les mots clairs mais l'on comprend qu'elle n'aurait pas parlé si Alexis ne l'avait pas ramenée une fois de trop. S'il n'avait prétendu défendre les femmes.

— Il prend tout, s'étrangle-t-elle.

Elle s'excuse. Ça ne sort pas comme elle voudrait.

— Prenez votre temps, mademoiselle.

C'est drôle, c'est précisément à quoi entre autres elle espérait se former. Avant de tout lâcher.

— Quoi donc ?

— Placer la voix. Entre là. Adresser.

Six mots d'affilée on progresse mais ça s'arrête là. Sa mère reprend pour dire plus audiblement le scandale. Qu'Alexis, ce type retaillé en combattant féministe dans la presse et dans les cœurs, intègre par la grande porte la lutte dont il devrait être la cible et la dépouille, c'est injuste. C'est à vomir. Et surtout, nimbé de ce prestige usurpé, Alexis peut encore sévir auprès d'une foule de gamines. Des comme sa fille, des crédules.

— Vous pourriez peut-être nous laisser toutes les deux un instant ? suggère l'avocate à la mère, laquelle hésite mais ça va marcher. Elle va quitter le bureau, c'est sûr. Les autorités séculières fonctionnent toujours sur les esprits butés. La police, la justice, les médecins.

— Je reviens, ma chérie, je serai à côté.
Bingo.

Il faut encore attendre, s'y reprendre. Et puis ça sortira des lèvres de Chloé comme un projectile, qui va décrire une courbe d'à peu près vingt minutes pour finir en s'écrasant, écrasant Chloé qui ne se répétera plus jamais.

— Je m'appelle Chloé F., j'ai vingt-quatre ans, je connaissais Alexis Zagner comme tout le monde, je l'ai vu pour la première fois lors du premier tour du Conservatoire, je l'ai raté, le premier tour, et il me restait un an avant l'âge limite, précise Chloé en relevant des yeux dramatiques sur l'avocate qui en recule dans son fauteuil. Il me fixait, poursuit Chloé, avec un regard qui disait alors, alors on va perdre ses moyens ou pas, j'ai perdu mes moyens, une catastrophe, je passais *Oncle Vania*, c'était une connerie, je l'ai revu après, le jour même, il m'a dit que j'étais à ça, à ça, et que c'était juste une question d'assurance pas plus, que j'étais douée, émouvante, que l'année prochaine avec du travail mais surtout, il insistait, avec de l'assurance, ça irait, j'ai répondu je sais plus quoi, lui l'année prochaine il ne siégerait pas alors il pouvait m'aider à me préparer, j'aurais mieux fait de demander préparer à quoi, il m'a proposé d'essayer, l'assurance, m'entraîner tout de suite à avoir celle de lui dire « tu », et même celle de l'appeler si je voulais travailler quelque chose ou même dire, faire quelque chose, sur l'un de ses tournages il faisait beaucoup de cinéma et des trucs à la télé, il savait qu'il impressionnait mais j'impressionnais davantage selon lui, vous êtes bien plus intimidante que moi si vous saviez, vous oserez, il m'a dit, petite Sonia, Sonia c'est dans Tchekhov, et il m'a donné son numéro, et c'est vrai c'est moi qui ai osé, j'ai pensé à cette phrase débile, vous savez, « saisir sa chance », nous nous sommes revus, nous avons beaucoup parlé du Conservatoire où je n'irai jamais, on se voyait sur l'île de la Cité, il connaissait une histoire à propos de chaque immeuble, un jour sur le quai Bourbon il m'a pris la main mais c'était comme à l'école, j'ai ri, je la lui ai laissée, c'était cucul, il m'a dit que je ne serais jamais aussi belle qu'à ce moment de ma vie, qu'il fallait en profiter, depuis j'y pense tout le temps, c'était vrai et ce moment est passé, j'ai dit c'est-à-dire jamais aussi belle, et il m'a embrassée pour me faire taire et encore un peu après pour me dire au revoir, je n'ai pas aimé ça tout de suite, il n'a pas beaucoup de lèvres, presque pas en fait, mais j'ai voulu savoir si j'aimerais, c'est très différent, et le lendemain c'est moi qui l'ai embrassé, ça le rendait fou ma bouche et il me l'a écrit juste après, il m'a écrit toute la journée et même toute la nuit, il m'a écrit *plus je te vois plus je te veux, je sais pas quoi faire*, le soir même on a fait l'amour, ou plutôt il m'a caressée jusqu'à ce que je tremble, je croyais que crier c'était du cinéma et je faisais semblant en général, mais lui il m'a fait ça, crier pour de vrai, après j'étais je sais pas, je dirais cuite, il m'a écrit tous les jours, toutes les nuits, il a trouvé des métaphores inouïes pour parler de son désir, de sa queue, de mon sexe, il me décrivait ce qu'il allait me faire une heure avant que je le retrouve, je n'avais pas de sexualité avant lui c'est aussi simple que ça, et pas d'amour non plus et lui il s'est mis à genoux, il a donné des prénoms aux enfants que nous aurions, il m'a demandé en mariage en rigolant, et une fois sérieusement, il m'appelait sa « dernière chance », il venait me chercher en bas de chez moi à l'heure des cours, sans que je le lui demande, il connaissait le planning de mon école, il venait en taxi, et au retour idem, il me caressait dans le taxi jusqu'à ce que jouisse et si ça ne venait pas on roulait encore, les chauffeurs m'entendaient gémir c'est sûr, j'avais honte, il me rendait folle, au cinéma aussi et même à la Comédie-Française, le soir de la première du Lagarce, j'ai arrêté les cours, j'ai commencé à boire du vin, à dormir dans son bureau deux fois par semaine puis sept, ce qu'il appelle son bureau c'est un petit appartement rue du Dragon, il m'a donné les clés, il m'a dit de m'habituer à vivre chez lui, à rapporter mes affaires, quand il quitterait Olivia elle ne voudrait pas conserver l'appartement, ce serait le nôtre, à la Toussaint en l'absence de sa femme il m'y a emmenée, il voulait faire quelque chose de bizarre, me sodomiser dans la salle de bains, dans la salle de bains c'était la première fois mais avec lui j'étais d'accord pour tout, il m'a présenté certains de ses amis, il ne voulait pas me cacher, c'était la première fois qu'il envisageait de tout recommencer et la première fois qu'il s'en sentait capable il a dit, on faisait tellement l'amour que je ne pouvais plus monter sur mon vélo, il me prenait trop fort, souvent debout, mais j'aimais bien, il a occupé tout mon temps même quand il n'était pas là, des messages en rafales, il ne m'a plus rien laissé pendant quatre mois et puis il m'a repris les clés un lundi matin, il a presque cessé d'écrire ce jour-là, puis la semaine suivante de répondre, prendre quelqu'un et le foutre en l'air c'est ça.

Et Chloé de s'éteindre d'un coup, brisée par la chronique de sa propre chute.

Rafales de quarante-huit kilomètres-heure enregistre pendant ce temps la station sur le toit. Vent du sud.

— Alors ? revient maman.

L'avocate doit à présent faire comprendre qu'au pénal sans agression sexuelle, sévices corporels, atteinte à l'intégrité de la personne, c'est compliqué. Violence morale c'est presque une expression, d'aucuns diraient une tendance. Les magistrats sont prudents avec les tendances et on ne condamne personne sur la base d'une expression.

— Ah bon ? Et qu'est-ce qu'ils attendent ?

L'avocate consulte la montre qu'elle a obligeamment détachée et posée sur le bureau au début de l'entretien. S'approchant de l'heure gratuite bien sonnée, elle propose à la va-vite quelques interprétations du travail des magistrats assez indirectement liées au sujet, et finit par dire : la médecine. On peut estimer que les magistrats attendent que la médecine clinique se prononce avant eux. Le droit conserve le fantasme de l'exactitude scientifique, c'est comme ça. Il faudrait que la médecine l'ait qualifiée selon des critères précis, objectivables dans une expertise psychologique. Et encore. Le temps de la justice est trop court pour l'examen de la personnalité. Alors que reste-il ? accélère la pénaliste. Le civil ? s'interroge-t-elle rhétoriquement. Bof. Au civil, on pourrait attaquer sous l'angle de la perte, « tout dommage causé à autrui », etc. Avec un lien de causalité costaud entre les faits, pour peu qu'ils soient avérés, et un préjudice évident, on pourrait s'en sortir. Il faudrait les déterminer, les faits, et dire ce que par conséquent Chloé a perdu de tangible. Pas évident.

— Si, exhale enfin Chloé.

— Pas évident ? La santé, l'estime de soi, ses amis, le sommeil, dix-huit kilos, une année entière, ses cheveux...

— Le concours, maman.

— Arrête avec cette histoire de concours, ma chérie.

— Le concours ?

Du Conservatoire d'art dramatique. Elle veut dire que la perte est une perte de chance, traduit maman. Chloé n'a pas pu se représenter en juin dernier au concours des centres dramatiques nationaux, elle était malade. Enfin elle était comme ça, comme aujourd'hui, dans cet état de délabrement où le héros national nous l'a mise.

— Vous allez vous présenter l'an prochain, ça ira mieux, sourit l'avocate persistant à établir le dialogue avec son improbable cliente.

— Je pourrai plus, je suis trop vieille.

— Elle avait commencé par médecine mais c'était trop dur.

— C'était pas moi, s'élève Chloé avec un début de fermeté.

L'avocate entame sa deuxième heure gratuite et c'est exagérément généreux, aussi se donne-t-elle dix minutes pour exposer que cette histoire de concours ne sera toutefois pas non plus suffisante au civil. Elle ne le tentera pas. Enfin, en règle générale, la carte violence morale se joue sur le terrain du divorce et de la faute. En droit conjugal, la violence psychologique devient un rail intéressant, voire rentable pour les plaignants mais hors du mariage c'est savonneux. Encore un point pour cette inébranlable institution. Bref, vous n'étiez pas mariés ? Ben non. Il ne s'agit pas d'un couple, il s'agit d'un maître, d'une élève et de l'abus de position qui structurellement les lie, d'une histoire d'amour et de destruction. Oui, alors non. Rien à faire. Peut-être un confrère, une consœur.

— Tu vois ? triomphe très tristement Chloé, souriant presque à maman. On y va ?

Selon une source proche du comédien, celui-ci se reposerait dans le Lot, havre de paix inlassablement redécouvert par les beaux esprits, déjà prisé en leur temps par Françoise Sagan et Romain Gary, pourrait ce matin lire Alexis sur la page d'accueil d'un fameux site d'information si toutefois il avait conservé active une connexion avec le monde extérieur. C'est Aurore qui déchiffrera ces quelques lignes alors que, posée devant son écran, elle attend d'être invitée au sein d'une trop matinale réunion de service. Aurore est bien réveillée autant que l'on puisse l'être après une si courte nuit. Aussi fraîche que possible pour une fille qui a bu dans ces proportions. Elle doit relire. Selon une source proche du comédien, il se reposerait dans le Lot, havre de… et merde.

— Alexis !

— Quoi ? arrive Cosma.

— T'es pas à l'école ?

— C'est mercredi.

— Tu es sûr ?

À quelle aberrante vérification Cosma hésitait à se plier quand surgit un Alexis emprunté. Pour ne pas trop sembler chez lui, il s'efforce de frapper à toutes les portes, y compris les portes ouvertes, avec les sous-titres. Ce qui donne :

— Toc toc ? Je peux ?

Appréciable la première fois, rapidement pénible.

— Venez !

Alexis se poste en retrait des épaules d'Aurore avec le naturel de qui, sur les épaules d'Aurore, pourrait y poser les deux mains. Voire les masser. Cosma attend et espère. Mais les deux mains d'Alexis viennent de se placer sur le visage de leur propriétaire dans un geste d'une théâtralité curieusement amatrice, évoquant un profond désarroi.

— Oh putain.

Il a pu lire de « selon une source proche du comédien » jusqu'à « havre de paix », et puis une fenêtre s'est ouverte bouffant tout l'écran. Emmanuel, enfin disponible avec son ordre du jour, son physique ordinaire de supérieur hiérarchique de base, bonjour tout le monde. Alexis s'est retiré de l'écran, on espère assez vite.

Le Lot, c'est grand et l'on n'y espère pas spécialement la publicité. Le Lotois n'aime guère qu'on le cherche et encore moins qu'on le trouve. Le funeste exemple de Saint-Cirq-Lapopie, consacré plus beau village de France suite à un simple reportage télévisé, a épouvanté et épouvante encore tout le département. Depuis, à Saint-Cirq-Lapopie, neuf mille mètres carrés de parking terrassent les alentours d'un site deux fois plus petit pour endiguer les véhicules des deux mille estivants qui défoncent tous les jours d'été le pavé médiéval de ce village de moins de deux cents habitants. D'ailleurs, ce matin, à Saint-Cirq-Lapopie, on veut bien dévisager le chaland d'un peu plus près mais on ne suppose pas une seconde qu'un type choisisse pour se cacher le patelin le plus médiatique du comté. À Figeac, le correspondant prépare tout de même un wikipédien petit portrait de trois mille signes dans l'hypothèse où Alexis serait aperçu sur la place Champollion, se montrerait au marché. À Cajarc, il n'y a personne cette semaine pour nourrir la gazette. Un localier, détaché de la rédaction de Cahors où nul n'a relevé le début de l'empreinte de la trace d'Alexis Zagner, s'y bouge sans y croire, effectue vaguement la tournée de deux hôtels à moitié vides. La photo de Zagner soumise aux réceptionnistes laisse peu d'espoir quant à l'idée qu'il y séjourne sous un nom d'emprunt, le localier de Cahors laissera tomber. On veut bien croire qu'une star se soit cachée ici, c'est même une fort bonne idée, le Lot ne manque pas de cachettes, entre bergeries paumées et grottes troglodytes. Mais précisément on ne va pas les fouiller toutes pour obtenir une photo floue d'un brave type qui, partageant manifestement la philosophie de l'autochtone, ne veut pas qu'on l'emmerde.

Voici pour l'état d'esprit du département qui en vérité diffère de celui d'Alexis. L'idée d'une traque journalistique l'a mis dans un état inqualifiable entre fébrilité et idiotie, il demande l'heure, évoque la gare, le train, un pays étranger, rassemble des affaires, demande à nouveau l'heure, pousse des jurons, s'assoit, se lève, se ridiculise.

— Calmez-vous à la fin, doit presque s'emporter Aurore.

— On dirait vraiment que vous avez tué quelqu'un, soulève Cosma, toujours aussi sûr de ses instincts.

— Vous pouvez vous cacher dans la grange, a prononcé l'une ou l'autre, je ne sais qui. En tout cas c'était pour rire.

— Oui ? s'est exclamé Alexis qui ne riait pas du tout.

Il a dit d'accord, très bonne idée, tournant sur place avec suffisamment d'égarement dans l'attitude, d'empressement à vouloir déménager illico, assez d'incohérence en somme pour fissurer la conviction de Cosma.

— Il a peut-être tué quelqu'un mais que par accident ? Juste renversé ? conjecture l'enfant tandis qu'il réceptionne les draps et les couvertures que sa mère lui empile sur les bras.

— Mais non. Il veut qu'on lui fiche la paix, c'est tout. Trouve-moi la taie d'oreiller qui va avec la couette à rayures.

Bon. Le déni doit être une phase de l'amour naissant. Elle ne voit pas quelqu'un qui se cache, elle veut voir quelqu'un qui veut rester et trouve en la peur un motif comme un autre. De quel gouffre cette peur est-elle le seuil, elle ne veut surtout pas le savoir, elle veut juste l'éteindre dans le huis clos des nuits conteuses, encore une fois. Elle veut à nouveau aller dans la parole comme dans la chair parce que c'était bien. Elle pense à elle. De la déroute d'Alexis, elle veut aussi longtemps que possible essayer d'ignorer l'origine pour profiter du débouché : elle. Elle a toujours fait ça avec les hommes, nier de force leur passé, l'exil d'où ils arrivent, de force les imaginer neufs et libres, comme nés pour une histoire avec elle.

On fait toutes ça.

Elle craint qu'il s'en aille alors qu'elle a encore des choses à lui dire et des choses à savoir. Bien sûr, elle a oublié qu'il était chez lui, elle fait comme s'ils étaient chez eux. Elle fait n'importe quoi. Et emporte de la maison des oreillers, une lampe de chevet, des livres.

— Il va rester longtemps ?

— Tiens, trouve un truc à mettre sur la fenêtre, il n'y a pas de volets dans la grange.

Ils ne se verront pas de la journée, elle ne l'a pas convié à dîner, j'imagine pour vérifier l'effet de son absence à table, des fois qu'elle ait encore une marge d'évitement. Résultat catastrophique, elle a trouvé le temps long, a soupiré d'ennui au récit des derniers apprentissages mathématiques de Cosma, n'a rien écouté de la technique pour réussir un triangle isocèle à main levée.

Elle attendra la nuit pour rejoindre l'homme caché, descendre de l'étage au salon, pousser la porte d'entrée le plus silencieusement possible. Au moment de la refermer, elle sent passer dans ses muscles et dans ses nerfs la mémoire d'un spasme bien connu, celui du mensonge. Furtive crampe qui la saisissait à chaque fois que, trahissant les candides certitudes propriétaires de l'élu, elle allait se faire crypto-aimer ailleurs pour quelques heures. De ces équipées vaguement érotiques qui aménageaient la fin de son mariage elle n'a rien raconté hier, non. Rien dit de leur fréquence, de la triste revanche qu'elle ignorait y chercher. Elle n'en dira rien ici. Dans les westerns, on recommence. On est ce que l'on espère, ce que l'on trouve, pas ce qu'on a fait. Le genre entier repose sur le solide imaginaire qu'aller à l'ouest c'est aller à zéro.

Elle le trouve allongé sur son matelas, dans le pas si mal petit coin qu'on lui a aménagé. Il ne fait rien, sinon tenir tranquille sa mystérieuse terreur sous la lampe, il n'a pas faim. Mais merci ça sent bon, c'est quoi, une quiche, plus tard peut-être. Elle dit avoir relevé la presse à scandale. La presse à sensation. Elle ne sait plus comment on l'appelle.

— La presse, propose Alexis.

Dans la presse, ils disent qu'Alexis est quasiment né sur les planches, passé du berceau à la scène.

C'est faux.

Qu'un amour l'a convaincu de tenter un concours national.

N'importe quoi.

Que sa mère a vu en lui dès son plus jeune âge un genre de Sarah Bernhardt.

C'est la meilleure.

Que.

Tout est faux. Tout.

Aurore s'assoit en tailleur sur la grosse cantinière en métal qui fait office de chevet, si bien qu'elle surplombe le comédien à la manière d'un spectateur du balcon.

— Vous n'êtes pas né en 1974 ?

— Si.

— Pas à Metz ?

— Si.

— Que faisaient vos parents ?

Stop. Ils constituent le dernier sujet qu'il ait envie d'aborder ce soir, n'a-t-elle pas un jeu ? Les dames ou même un Puissance 4, ou le truc du gosse avec les pierres. Il est prêt à tout pour s'abstraire dans quelque chose qui le prive de l'idée de lui-même.

Non, elle n'a pas. À vrai dire, elle espérait un spectacle en fauteuil.

— Pardon ?

Oui. Une tirade, une lecture. Que sait-il faire pour payer sa bouffe à part la chanson de geste ? Les artistes vagabonds que l'on nourrit sur la route remboursent avec des tours, c'est connu.

Non mais oh. Globalement, on ne l'a jamais traité comme ici on le manœuvre depuis deux jours, sans égard ni délicatesse, on le prend pour qui ? Il éprouve, le long de sa colonne de plus en plus voûtée, une sensation givrée, le frisson d'un premier déplacement sur l'échelle sociale, prémisse à la dégringolade. Mais s'il est scandalisé quelque chose l'emporte. Il comprend qu'elle désire qu'on lui parle. Et se dérober face au désir déclaré, il a toujours été incapable de s'y résoudre. Il dit bientôt, d'accord, allez-y, sans davantage lutter puisque c'est une femme. Elle pense qu'il est décidément facile, si XXe siècle. Elle s'installe.

— Donc vous êtes né en 1974 ?

Oui, juin 1974. Et elle va dire ah, c'est pour ça alors, c'est normal. Parents égoïstes, suroccupés, toujours dans l'avion sinon à table, militants socialistes de cœur, gonflant les notes de frais, pas inquiets pour l'avenir, élever des gosses c'était de l'arrosage automatique, la preuve, on fait bien pousser du maïs sans rien faire, les jeunes soyez comme vous êtes. Sauf toi, Alexis, va jouer dans le parc, t'as bien le temps de lire des bouquins. Ce soir on sort, oui encore, si vous ne finissez pas votre Géant vert, directement dans le broyeur merci, le chat n'est pas une poubelle et en plus il préfère le thon. Elle va lui dire pavillon témoin, enfance trop facile, confite entre Casimir et la console Atari ?

Non. Pas du tout.

Il suppose chez Aurore des références qu'elle n'a plus. Le Géant vert, les broyeurs, les socialistes, ah oui c'est vrai, c'était bien. Mais non elle n'y pensait pas. À propos de la prime jeunesse d'Alexis, à vrai dire elle ne pensait à rien, ment-elle, comme si Alexis ne savait pas, après vingt ans de plateau, détecter une voix dénonçant ce qu'elle prononce. Tout peut mentir, sauf la voix. Et à l'instant celle d'Aurore avoue qu'Alexis l'intéresse tant qu'elle pourrait entendre l'histoire de France depuis 1974, vie politique et arts de la table compris.

— Continuez. Brodez. Je m'en fous, se démasque-t-elle.

Alors à son tour l'acteur facile s'installe, juste pour Aurore, dans un récit contrasté, histoire du jeune Alexis en trois actes, avec un avantage sérieux : Aurore, elle ne sait pas quand on joue et quand c'est vrai. Elle ne fera pas complètement la différence entre quelqu'un qui s'écoute et quelqu'un qui avoue. Et puis il a cette voix déconcertante. L'année où il a donné lecture des *Mémoires d'outre-tombe* à guichets fermés à l'Athénée, quelqu'un avait écrit que Chateaubriand ou l'annuaire, ça aurait marché, que ce n'était pas une voix mais un événement.

— Acte I, commence Alexis, pour se taire ensuite deux bonnes minutes.

— Eh bien ?

Eh bien il ne peut pas raconter comme ça, tout à trac, sans médiation, sans figure, c'est vulgaire. Il lui faut un personnage et il ne l'a pas.

— Prenez votre temps.

Bientôt il le trouve. Prenons n'importe qui.

Arrêtons n'importe qui sur l'artère principale d'une ville de l'Est, frontalière, disons Metz. Pour peu qu'il y soit né et porte la grosse quarantaine, on lui demandera dans quel lycée il était. Il devrait dire une école privée, je ne sais pas pourquoi le privé, mes parents n'avaient pas de fric, sûrement pour les fréquentations. Il est probable que ce type évoque en vrac, dans le désordre, ce qu'étaient les marchés de Noël dans l'est de la France. Qu'il raconte quelque marche contre un score du FN, et aussi la chute du mur de Berlin, imaginant comme tous les enfants d'ici avoir entendu le grondement de la réunification, le fracas que fit le monde en humiliant l'URSS. Il n'avait que douze, quatorze ans, par là, mais il imaginera l'avoir vu alors qu'on ne pouvait pas passer la frontière ce jour de 1989, qu'au mieux on s'arrêtait à Francfort. Et puis ce n'était pas le genre de ses parents, faire cent kilomètres pour assister à l'histoire en cours, un week-end de match.

— De match ?

Oui. Ce gars dans la rue devrait raconter, avec les mots de la religion, un sport quelconque duquel il se prétendra passionné. Tennis, football, parfois escrime ou natation. Un sport qu'il pratiquait assidûment, le soir après l'école et le dimanche au gré des tournois départementaux, championnats interécoles. Il dira des scores, des posters au-dessus du lit, des conversations à table, peut-être des hymnes. Un sport dont n'était même pas passionné ce grand garçon, au début. Au début il était loyal. Son père aura imprimé, au creux de l'indépendance qu'on doit à ses fils, sa propre et rudimentaire volonté. Devenir un champion.

— Et vous étiez champion de quoi ?

D'échecs. Et pas champion. Ce n'est pas lui, c'est le personnage, suivez un peu. Le sport prend toute la place, imposant sa morale à toutes les dimensions de l'existence du personnage. Les autres, l'école. On craint la défaite et le déclassement, comme d'autres Dieu. La vertu cardinale est officiellement l'humilité mais c'est faux, c'est le sommeil. Il faut dormir pour travailler et dormir pour vaincre. Le sommeil du gosse à onze ans est protégé comme celui d'un nouveau-né, le corridor des chambres est tapissé d'une moquette à boucles, on parle toujours bas, la mère rase les murs mais ce n'est pas tant une précaution que l'expression de sa personnalité. Bientôt on lui laissera l'étage, aménageant la buanderie en une suite parentale dont la pénombre n'arrangera pas, dix ans plus tard, la tendance dépressive d'Odile. Disons qu'elle s'appelle Odile.

Le type de 1974 devrait évoquer les yeux humides l'abnégation de ses parents, leurs dimanches, leurs pensées et leurs conversations occupés par la passion qui consume l'enfant unique. Oui, on ne le voit pas beaucoup, le petit, il s'entraîne et il travaille, toujours enfermé. Remarquez, on a de la chance que ce ne soit pas les jeux vidéo. Il les reverra suant dans les gradins des gymnases, des MJC, suivant les parties d'une rencontre, partageant au fond avec leur fils rien moins qu'une prison. Conçue par eux et pour garder le petit dans quelque chose de vorace, hermétique et absolu. Quelque chose d'épuisant qui leur donne à eux, les parents, le rôle de ceux qui soulagent, qui attendent dans la voiture, préparent les repas surprotéinés, tueraient pour que le gosse ne soit pas dérangé dans son sommeil. Un rôle de garde-chiourme. Mais le petit ne le sait pas, il pense que c'est pour lui et plus tard il appelle ça l'amour. Il ne voit pas que ses parents désunis ne s'unissent plus que dans l'attente des résultats de leur athlète, leurs fronts exceptionnellement rapprochés pour les lire, leurs regards qui pour une fois se croisaient. Qu'ils l'utilisent en somme.

Bientôt Odile, sa mère, est seule à l'accompagner dans les tournois interdépartementaux. Le père est parti, il a rencontré à Strasbourg, lors d'une sélection nationale, la mère d'une joueuse, abrège Alexis. Vous ne m'écoutez plus.

— Si.

— Vous êtes ailleurs.

Oui. Aurore imagine une femme désormais seule poireauter en anorak dans la Renault 18 pas chauffée, repassant du vernis traitant sur des ongles bouffés tandis qu'à l'intérieur d'une salle polyvalente Alexis entame ce qui doit s'appeler une manche. Ou un set. Elle ne sait rien des échecs. Chez elle c'était pour les garçons.

Le garçon dira qu'il poursuivait parallèlement, en plus machinal peut-être, en plus douloureux, une scolarité de premier toutes matières confondues. Que le goût du classement et des médailles l'avait gagné, enlevé comme un rapace à l'inconséquence de son âge. Et pour toujours.

C'est tout ? Il n'aurait que ça à me raconter ? Les échecs ?

Non. Mais il est encore un peu gêné. Il n'avouera peut-être pas, le garçon de l'Est, que dans les vides de cette vie d'effort hors norme, où l'esprit souffre de torture mentale et de solitude, naît une pure et simple obsession sexuelle. Pure car sans honte. Simple parce que ça l'était. Des heures à se branler, des pornos à la sauvette puis des filles, des putes artisanales dans les villes de tournois, des terrains vagues, des banquettes arrière.

— Pourquoi ?

Pour le plaisir. La seule réponse à la torture quand on n'est pas suicidaire, c'est le plaisir.

Aurore se tait. Elle ne sait pas de quoi procède cet aveu, fatigue ou nécessité. Et pourquoi à elle. Mais ça lui plaît. Je pense aujourd'hui que c'est là ce qu'Alexis cherchait, en voulant si clairement se placer dans le tableau des névroses connues. Lui plaire dans ses démissions, les lui faire accepter. Se coller complaisamment sur la tronche les étiquettes cliniques du XXe siècle, satirisme, érotomanie. Regarde-moi sur la pente qui plonge à pic vers le bas, ne suis-je pas beau quand je glisse ?

Aurore s'étire, se masse les lombaires, se décide toute seule à quitter son assise rudimentaire et rejoindre Alexis sur le matelas, le plus loin possible dans la diagonale, à l'angle opposé. Si bien qu'ils s'y trouvent installés tous les deux en tailleur, tels que sur un tatami. Vraisemblablement Aurore n'est pas beaucoup plus à l'aise, elle déplie et allonge les jambes, la voici reposant sur un coude, le visage lové dans la main. Alexis allume une cigarette. La lui tend. Tout le monde se tait.

– C'est quoi ce bruit ?

– Lequel ?

– Là.

Ils suspendent leur souffle afin de mieux entendre. Sûrement sont-ils une seconde pris par l'infime trouble de s'asphyxier ensemble.

– Ça ! respire Aurore. Ce sont les capricornes. Des insectes. C'est grand comme ça et marron. Entre marron-vert et gris. Ils mangent les poutres de l'intérieur.

Il rit. Quelque chose dans sa façon d'évoquer les animaux l'enchante. Hier déjà, avec l'écureuil aquatique.

– Et quand ils ont terminé ?

— De ?

— Manger l’intérieur des poutres.

— Je ne sais pas, ça s’écroule j’imagine, répond-elle posément, l’œil parti, poreuse aux images d’effondrement qu’elle lance en l’air.

Et l’on se tait à nouveau, laissant le silence en partage aux capricornes et aux grillons, Aurore et Alexis retirés chacun dans ses illustrations mentales, festin des insectes vert-de-gris dans la charpente, éboulis de toitures minées.

— À l’acte II vous devenez un champion ou pas ? se réveille bientôt Aurore.

Non. Il n’était pas le meilleur joueur de sa génération, pas toujours de son propre club. Il n’était pas génial, il savait se classer c’est tout. Le champion que ses parents s’épuisaient à accoucher n’existerait jamais qu’à l’échelle des villages. Il abandonna les échecs après une raclée à Vittel, ville d’eaux, en quart de finale. Restait le lycée, le latin, les mathématiques, pour se rattraper aux branches de la hiérarchie terrestre. Il mit son endurance apprise au service des buts ordinaires. Il était le meilleur d’une seconde générale, d’une terminale S, il voyait avec terreur arriver les nouveaux, et plus encore les nouvelles qui pourraient encombrer la tête des classements. À défaut d’être un champion, le gosse devint une brute. À défaut de la grâce, il avait les félicitations trimestrielles. Il n’avait pas toujours d'amis mais gardait quelque chose comme un public. Quand on le proposa au concours général d'histoire, qu'il s'y prépara, il se branlait au sang. Il abordait le travail comme un forçat et adorait la jouissance comme un narcotique. Et de l'un dépendait l'autre. L'étude, il se l'infligeait, punissait sa paresse, ses erreurs, par davantage de travail et jusqu'à la nausée, mais la récompense était à la hauteur de la torture : des orgasmes à se faire sauter le cœur, des filles par rangs de trois ou quatre en un seul week-end de détente après le championnat qui ne l'opposait plus qu'à lui-même, à ses limites.

— On aurait pu dire que vous... qu'il n'allait pas très bien, ce personnage ? s'inquiète Aurore.

Oui mais on ne savait pas. On pensait qu'il aimait trop ça, la reconnaissance, mais qu'il avait tout compris somme toute à la marche du monde. En plus, si, il allait bien. Il portait la satisfaction de sa chair aussi haut que la satisfaction des critères sociaux et intellectuels, c'est tout. C'était plutôt sain. Après tout pourquoi le plaisir serait-il méprisable de n'être qu'une sensation ? Peut-être mérite-t-il les mêmes podiums que l'esprit. Et puis le garçon n'avait pas la bêtise de vouloir qu'on l'approuve à cet endroit. Il avait la folie de vouloir qu'on le loue pour ses résultats et c'était une folie connue, respectable. Enfin philosophiquement, on n'a jamais trouvé mieux que les joies abordables pour tempérer la souffrance incompressible. Le match de la douleur et du plaisir avait aboli chez lui l'ensemble des conflits qui agitaient les êtres, le bien ou le mal, la liberté ou l'aliénation, la propriété ou le partage, les remplaçant par cette rudimentaire mécanique parfaitement contrôlable de l'intérieur qui unit en les opposant l'effort et le réconfort.

— Combien, dit-elle, car c'est son tour.

Ce sont les pauvres qui comptent, Aurore. Aucune idée. Tous les jours. Il n'a pas lutté contre, puisque ce n'était pas une maladie. Il n'a pas cherché à se dompter par la fatigue puisqu'il ne se fatiguait pas. Il baisait autant que possible, c'est tout.

— Tout le monde ? Toutes ?

Pas toutes. Il n'avait, s'étonne-t-il encore, de désir que pour les gosses de riches ou pour leur mère.

Comment ça, étrangement. Il ignorerait donc le standard qu'est pour un plouc d'érotiser un rang de perles sur un twin-set Bompard ? Incroyable. Aurore ne s'arrête pourtant pas à cette effarante démonstration de naïveté, plus attentive que jamais.

— Pourquoi ?

Pour ce qu'elles pouvaient lui ouvrir en grand à travers elle. L'accès au beau monde, développe-t-il en s'enfonçant dans la banalité sociologique. Au bras des filles de médecins, de banquiers, de collectionneurs, au bras des femmes de banquiers, de collectionneurs, au bras des journalistes de télévision, des héritières, il a appris dans cet ordre à tenir ses couverts, à jouer au tennis, à parler anglais, à se taire au bon moment, à sourire, ne pas rougir, à partir en vacances d'une minute à l'autre, à se foutre des contingences, des conséquences, à être riche, à manger et même à respirer. Il estime avoir couché utile comme aucun homme.

Il nous déçoit, Alexis, à se penser unique dans un exercice où se sont qualifiés la plupart des transfuges de classe. Baiser les détentrices du code et repartir avec les clés, grossier classique de l'éducation sentimentale qui devrait à Aurore arracher un soupir de consternation. Mais elle est sombre, elle se tait. Elle l'a pris contre elle. Elle n'entend pas ça du côté des bien équipées, mais des autres. De celles qu'Alexis n'aurait jamais ni regardées ni choisies. Elle traverse à l'instant l'humiliation paradoxale, ô combien urticante et lycéenne, de se sentir rejetée par ce qu'elle était parvenue à mépriser. Elle fait tapisserie en somme. Il n'a pas l'air de s'en rendre compte, et pour cause, il n'a jamais, contre toutes ses habitudes, perçu cette femme à travers sa classe.

— Et ? relance-t-elle. Ça s'arrête là ? Vous arrêtez vos études pour sauter des rombières ?

— J'ai dit quelque chose ? qu'il s'étonne, ce con.

Un jour, au début des études supérieures, cela se brise. Le partage longtemps vivable entre le mental et l'animal, entre brutaliser l'esprit et s'exploser les sens, l'équilibre qu'il trouvait dans cette lutte intérieure muée en nature, tout s'arrête. Sous l'effet des premiers échecs, d'une réquisition trop grande à l'étude et parce qu'il n'est ni un génie ni une machine, le corps torturé d'Alexis ne répond plus à la double exigence de jouir et d'endurer. Incapable d'obtenir sa réparation par lui-même, il rate le concours d'entrée à l'ENS. Il est question de rester à Metz, devenir professeur et nourrir à vie une rancœur des singes savants sans public. Il va mal cette fois. Le désir plie, échoue dans le sommeil et le mal de dos. Les filles, jadis repos et catharsis, sont soudain inutiles. Or le jeune Alexis n'a rien d'autre, n'a personne. N'ayant su se lier que pour la conversion sensorielle qu'une amitié promet ou pour l'issue immédiatement charnelle qui la condamne, il n'a pas d'amis. Il est entouré d'ex, de déçues et de défaites. Il cherche alors, sur le campus, quelque part où trouver quelqu'un. Il entre dans un théâtre.

— J'ai froid, dit-elle, je vais rentrer.

— Entracte alors ? Rapide ?

— Bonne nuit. J'ai vraiment froid.

D'un côté du bureau un homme d'une trentaine d'années, un jeune homme en qui l'on reconnaît le journaliste précédemment vu rôdant autour de la théière et des photos d'Odile. Il est chez lui dans cette rédaction au sein de laquelle il assume la responsabilité des pages société. De l'autre côté du même bureau, Chloé, toujours moindre et plus blanche et flanquée de son inratable mère. Chloé dont l'allure bouleverse celui qui la reçoit, qui s'en défend moins que, deux jours plus tôt, l'avocate de la rue Lobineau. Son empathie se manifeste dans une intense humidité de la rétine, visage penché sur le côté, sourire désolé. Chloé fait de la peine, on a compris. Là où le corps un an plus tôt devait enfler, par exemple les joues, les bras, la gorge, eh bien c'est vide. La peau ne semble pas savoir comment contenir cette pénurie, elle est lâche, pâle, sans rapport avec ses vingt ans. À vingt ans la peau est un tambour.

L'émotif journaliste voué à la défaite du patriarcat dans une publication vouée au sauvetage de la démocratie constate comme pas souvent la douleur sur pied. C'est cela qui le convoque d'abord. Pas le récit, il ne l'a pas encore. Chloé semble n'être venue que pour se taire.

— Vous vouliez me parler, mademoiselle ?

— Chloé. Je ne sais pas.

Soupir découragé de sa mère. Chloé se dresse un peu, lui envoie un regard un rien furieux, inaugurant dans cette affaire un début de libre arbitre. On espère entendre enfin un autoritaire maman, attends-moi dehors, on espère assister à une ultime sortie feutrée et inquiète de la mère qu'on ne verrait plus. Chloé commencerait alors à penser par elle-même, parler pour elle et agir en conséquence. Mais rien.

L'histoire, nous on la connaît, c'est désormais au journaliste de l'entendre. Il l'entend, ici racontée par la mère, assez fidèle au récit de la rue Lobineau.

Le journaliste voué à la promotion de la parole des femmes dans la rédaction vouée à la promotion de la république est bien dans la merde avec cette histoire de destruction mentale. Mentale et physique, il suffit de voir ce qui en résulte, Chloé, quarante-deux kilos de chair anémiée, prise de frissons réflexes, même plus debout, juste dressée par le dégoût. Le dégoût même pas du type mais d'elle-même, de s'être regardée dans les yeux d'un homme descendre si bas sans rien faire. Fascination, emprise, abandon, destruction, à son poste, des comme ça, il déplore d'en classer un par jour pour pouvoir en publier un par an. Faute de preuves, faute de noms, faute de témoins, faute d'alertes au pluriel, faute de sang sur le carrelage, faute de marques, faute de plaintes ou, si plaintes, faute de suites. Faute de ce qui fonde un article utile à l'intérêt public. Il va devoir expliquer qu'il ne peut rien faire à cette fille bouleversante qui attend quelque chose d'humain. Son rôle est aussi crucial que vain, il en a ras le bol, il se voudrait pour une fois, pour une heure, moins encombré de méthodes et d'impératifs moraux.

— Je sais que je ne suis pas la seule, dit Chloé en se raccrochant à l'idée de clan.

Certainement. Le journaliste à propos d'Alexis Zagner dispose d'un infime début de fond de mince dossier fragile. Un vieux mail émanant du collectif #metoothéâtre et quelqu'un qui a dit au rédacteur en chef qu'une partenaire de scène d'Alexis sur un Feydeau avait dit à sa femme qu'il avait été collant. Plus quelqu'un d'anonyme, qui s'est souvenu d'avoir entendu la même chose plus tôt et ailleurs. Aussi, au moment du foin autour du passage du rôle à Elvire, agité par une suspicion d'escroquerie, le journal était allé interroger la mère de Zagner. Inutilement. La plus récente alerte émane de madame la déléguée au spectacle vivant, Élisabeth Machin, qui a téléphoné à l'Observatoire des violences sexuelles et à la rédaction pour partager des impressions.

— Et c'est pas assez ? s'intéresse la mère plus qu'accompagnante. Impliquée.

— Encore heureux.

Après un silence, il nuance.

— Pas assez pour nous.

Le problème avec la violence psychologique, c'est qu'on peut. Le problème avec elle, c'est de lui avoir si longtemps donné d'autres noms. Comme passion, comme liberté. Le problème avec l'emprise c'est son synonyme, l'amour, et le problème avec lui ce sont ses droits. Le problème avec la douleur c'est qu'elle veut faire savoir. Et alors le problème avec le scandale ce sont ses conséquences.

— Les conséquences pour ?

— Maman, s'il te plaît…

Les conséquences pour Alexis Zager. Le problème avec une vie, même méprisable, c'est que lorsqu'on la détruit, elle est terminée. Le problème pour le journaliste c'est qu'il ne peut rien faire sinon participer à nier la douleur en la déclarant impubliable, abolir la gosse en lui apprenant que ce n'est pas suffisant. Des alertes il en faut dix, des plaintes et des témoins presque autant. Il faut un motif clair, associé à une qualification pénale, enfin pour un journal il faut des raisons. Une surtout.

— Les ventes en kiosque, suppose cyniquement maman.

— Le bien public, veut croire le journaliste, sans quoi il gagnerait ses trois mille balles autrement. À quoi ça sert, à qui ça sert.

— À quoi ça sert ? s'étouffe-t-on de l'autre côté du bureau.

Mais il allait continuer à enquêter, promis.

— Et Chloé en attendant ?

— On y va, maman ?

Sa voix à nouveau brisée, son effarante pâleur, l'étrange fascination qu'exercent les amoureuses suppliciées sur les intellectuels de gauche, tout cela fait que le journaliste n'en peut plus. C'est un type comme ça, qui a toujours mal à l'autre et qui ne s'en sort pas sans souffrir avec. Il voudrait s'arracher de son rôle pour mieux compatir, mais il n'a pas l'habitude.

— Vous êtes une artiste. Vous avez le choix, dit-il.

Il veut lui faire entendre, à la gosse, qu'elle va pouvoir faire quelque chose de toute cette merde, un artiste cela transforme. Une pièce, un texte. Il lui dit en somme jetez-vous dans l'art plutôt que dans la guerre.

Personnellement je suis d'accord. Le risque est moindre à vivre dès lors qu'on en tire un chant. Un coup égale un blues. Mais ça ne marche pas tout le temps, pas avec tout le monde, et puis surtout dans la circonstance, vous êtes une artiste ça va aller, c'est brutal. Enfin, trop tard, c'est dit. Les gens vraiment bons sont souvent des brutes, leur tendresse jaillit un peu n'importe comment, sans regarder.

Aussi Chloé, qui avait séché, à nouveau s'inonde de larmes. L'art n'était plus à sa portée, elle avait raté les auditions de tous les centres dramatiques nationaux, elle était incapable de travailler, et une fois remise, elle aurait atteint l'âge limite pour s'y présenter.

– C'est mort, dit-elle.

Le journaliste ne dit plus rien, la mère si. C'est important de tout consigner dans ces moments-là qui précèdent les événements.

– Comme je lui dis toujours, ce n'est pas le plus grave cette histoire de concours... La Terre ne pourrait supporter tant d'artistes, elle pourra toujours retenter médecine ou pharmacie.

On se dit bonsoir en se souhaitant bien du courage. Sur le pas de la porte le petit journaliste éprouva une envie folle, mais à l'examen tout à fait sensée, de serrer les restes de Chloé dans ses bras, de les accompagner dans la rue et, semant la mère, de l'emmener manger un steak haché, une omelette et des petits-suisses, trouver ensuite des choses à lui dire et la faire rire.

Quelques heures plus tard Chloé mettait fin à ses jours, triomphalement. On ne peut pas tout rater, semblait vouloir démontrer la perfection de l'exécution de soi. L'ensemble de la pharmacie prescrite depuis cinq mois, anxiolytiques et antidépresseurs ainsi qu'un somnifère « au cas où », autrement dit 105 milligrammes de zopiclone, 14 grammes d'alprazolam et 6 grammes de paroxétine avalés tout rond avec un grand verre d'un rhum brun utilisé dans les pâtisseries maison, suffirent à provoquer en quarante-cinq minutes un définitif arrêt cardiaque.

Le lendemain, c'est l'ombre d'une mère qui à nouveau se traînait au cabinet de la rue Lobineau. Elle était désormais la seule plaignante et souhaitait attaquer Alexis Zagner pour non-assistance à personne en danger. Était-elle cette fois au bon endroit ?

La plainte fut rédigée dans la nuit, assortie de différents témoignages. Le principal émanait de la déléguée du ministère et détaillait les méthodes de vampirisation pratiquées par Alexis, leur fréquence et leurs cadres malheureusement institutionnels. Quelques autres venant des amies de Chloé, restituaient les éléments de sa descente aux enfers des répudiées. Un médecin de famille tamponnait un diagnostic d'anémie aggravé d'un épisode dépressif et justifiait sa prescription de neuroleptiques pour troubles du comportement alimentaire, troubles anxieux, troubles de l'adaptation.

Soutenant le motif même de la plainte, non-assistance à personne en danger, la mère de Chloé avait consigné étape par étape, comme dans un journal du silence et de l'effondrement, les symptômes manifestés par sa fille suite au départ d'Alexis. Elle confiait en outre à la justice l'ensemble de la correspondance des anciens amants et le relevé des messages adressés par sa fille à Alexis durant ses derniers jours. Les plus récents suppliaient une réponse, un apaisement, une explication. Aucun retour. Dans son ultime prière, Chloé écrit *je n'y arrive plus* – à quelqu'un qui avait jeté son téléphone depuis près d'une semaine.

Le procureur était saisi le soir même.

Alexis, où est-il ? Ce n'est pas que l'on s'accroche, mais il lui reste une nuit pour dire ce qu'il est, qui il est, avant d'être l'homme à abattre, la gueule bâclée au crayon sur une affiche. Une nuit pour se faire comprendre, brève illusion qu'on abandonne tout jeune en apprenant à parler ou qu'on abandonne adulte en apprenant à perdre. Lui, ce sera demain. Alors on l'écoute.

Il est dans sa grange de paria qu'Aurore vient d'investir en plein jour, quémandant l'acte II.

— La dernière fois vous cherchiez une partenaire sexuelle dans un théâtre universitaire, dit-elle en s'allongeant à ses côtés, une main sur le ventre, l'autre sous la nuque.

Elle retient tout, c'est dingue. Ne lui manque plus qu'un calepin, un crayon sur l'oreille, songe-t-il.

Le théâtre universitaire d'accord. Le théâtre universitaire magnétise les névroses les plus intéressantes du campus. On pense y trouver un ramassis d'étudiants clochards en sciences humaines première année, on découvre un étincelant vivier d'intellectuelles comptant des héroïnes raciniennes de carrière, des impudiques, des folles de Pasolini, toujours à moitié à poil sur le plateau, des exaltées biberonnées à Claudel, jouant pieds nus. Les plus intéressantes restant les asociales qui, d'aucune fête et impuissantes à flirter dans les amphithéâtres, espèrent, au gré d'une scène entre Camille et Perdican, la rencontre du trimestre. Du théâtre Alexis découvre d'abord la température. C'est chaud. Il découvre que le théâtre appartient à ceux qui l'occupent aussi longtemps qu'on est nombreux, comme les entrailles d'une bête appartiennent à ce qui les colonise. Il ne s'en remettra pas. Plus tard, il découvrira que le corps tuteur auquel s'accrochent les comédiens commensaux, au rythme épuisant de ses exigences, de ses variations internes, ce corps tuteur n'est pas le bâtiment mais le public. La foule en somme, une partie du moins. Il passe des auditions sur un malentendu pour la pièce annuelle. Un Corneille monté par un metteur en scène lorrain, intervenant du dernier peloton de la décentralisation culturelle, habitué des scènes départementales. Le genre qu'on attendrait davantage sur du Koltès ou du Brecht, mais bon. Corneille donc, un *Rodogune* dont Alexis décroche Antiochus, un gros morceau, sur sa belle gueule numismatique et sa voix. Il apprend le texte, c'est très beau. Surentraîné au bachotage, il apprend à toute vitesse.

Alexis prévient. Il n'est pas sûr de savoir restituer ce qui s'est alors produit, pas sûr de connaître le nom pour désigner ces accidents. Si c'est « choc » ou « épiphanie ».

— C'est pas très grave, on peut passer vite sur tout ce qui est souvenirs d'ancien combattant, si vous voulez, s'ennuie assez impoliment Aurore.

Non, ça ne se passe pas comme ça, celui qui raconte c'est celui qui décide. Générale de *Rodogune*, public test, parcellaire et gratuit. Alexis s'attendait à ce que le texte entré quelques jours plus tôt dans sa tête en sorte de manière plus ou moins maîtrisée. Ce fut le contraire. Le texte s'est refermé sur lui. À l'intérieur des mots comme dans un monde, quelque chose d'oublié, de peut-être jamais connu, l'a emporté et ce fut une sensation à la fois physique, cérébrale et cardiaque : le jeu. Il dit pour la première fois je parvenais à sortir de ma tête sans passer par ma bite. Aveuglé, le centre comprimé d'une joie totalement inédite, il vécut une heure qui compta pour une vie. Il n'oublia jamais ce texte qu'il ne redit sur aucune scène, *recevez donc ce cœur en nous deux réparti ; ce cœur qu'un saint amour rangea sous votre empire, ce cœur pour qui le vôtre à tous moments soupire, ce cœur en vous aimant indignement percé, reprend pour vous aimer le sang qu'il a versé.*

— Ça, c'est du Racine ? s'étonne Aurore comme si Racine l'avait habituée à mieux.

— Corneille.

— Ah oui.

Huit mois et un bref concours plus tard, il entrait au Conservatoire national de Paris. Lui qui n'était plus certain de vouloir vivre était sûr de vouloir jouer.

Sur quelle conclusion bien balancée Alexis attendait un silence.

— Et en vrai ?

— Mais c'est vrai. Tout s'est passé comme ça.

Soit. Mais Aurore trouve que ça pue la figure de style. Assommé puis emporté par sa vocation au gré d'un choc esthétique assomptionnel, l'idée rend sûrement très bien en peinture ou au cinéma mais pour la vie ça sonne faux. Elle est sûre qu'il a désiré, s'est ramassé, a recommencé, qu'Antiochius échut à quelqu'un d'autre et qu'il revint à maintes reprises l'arracher avec les dents, comme tout le monde. Enfin passons, ce n'est pas la partie qui la passionne. De la vie d'Alexis sur les planches elle a déjà tout lu depuis son arrivée, une seule chose l'intéresse, toujours la même.

— Les femmes ?

Pour les femmes il a continué comme avant, de plus en plus entouré mais fixant toujours davantage son attention sur son corps et sur sa place, sur son rôle tandis que l'histoire suivait son cours. Parfois un éclat plus vif qu'un autre lui faisait, pour des cheveux, pour un rire ou un parfum, lever la tête et regarder l'autre. Mais le propre des éclats est d'être des reflets. De passer vite. En dehors d'Olivia et encore, aucune rencontre ne devint quelqu'un. Aucune aventure ne devint une vie.

— Vous n'avez jamais fondé une famille ?

— Non.

— Et ce monument qu'on appelle le couple, il a tenu non ?

— Si. Un peu. Mais il y avait beaucoup trop de bestioles dans les poutres.

— Vous l'avez regardé s'écrouler ?

Non. Il regardait ailleurs.

Il ne parle pas d'Olivia, la femme qui l'a arrêté voici quinze ans. Les pouvoirs qu'il lui prêtait, la rédemption qu'il espérait avec elle. La métamorphose qu'ils attendaient l'un de l'autre, l'immense et quotidienne déception qui en résulte et qui s'appelle longtemps l'amour, avant de ne plus s'appeler du tout. Même pas au téléphone.

Il aurait pu parler d'Élisabeth, c'était le moment. De son emprise, sa jalousie, ses méthodes. Cet amour d'abord fou puis triste et résistant qu'elle lui portait, qu'elle lui porte. Il essaie d'oublier. Il ne parle surtout pas de Chloé qui l'a enchanté, peu de temps, une élève n'importe quoi. Il ne dit pas qu'il rejouait avec elle l'histoire de ses vingt ans à lui, qu'il la tutorait pour revoir en elle gagner la jeunesse, encore une fois. Ce n'était pas elle qu'il aimait, c'était lui, quand il était beau, c'est d'une banalité. Il ne veut pas avoir à dire qu'il l'a quittée comme il a pu, comme une merde forcément. Il a honte de cette histoire et à la honte répond l'amnésie, une tentative du moins. Putain, il en a marre de s'écouter.

— À vous. Moi j'ai raconté. Et vous ne m'avez toujours pas répondu.

— À quoi ?

À pourquoi elle vivait là, à se raconter la liberté dans un enclos, son espace vital rétréci de la chambre à la cuisine et du salon à la porte. Son extension sur douze kilomètres et encore lui faut-il revenir sur ses pas, son temps éveillé limité à trois heures : celle de manger, celle d'attendre, celle de boire. Comment peut-on consentir à si peu. Lui il sait bien, tout le monde saura bientôt pourquoi il a besoin d'un grenier. Mais il voudrait savoir pour elle. Il voudrait savoir ses limites comme il n'a jamais voulu savoir celles de personne.

Mais il dit simplement :

— Pourquoi cette petite vie ?

Ce qui est assez désobligeant. Alors elle hausse les épaules. Elle a du travail. Elle se lève sur un « allez ! », interjection favorite des gens qui vont s'y mettre.

Quand elle le laisse dans son annexe, il lui semble fermer la porte sur un hurlement.

Elle s'enferme.

Il attend.
Elle travaille.
Elle parle un peu au téléphone.
Elle écrit.
Elle écrit même beaucoup.

Au dîner, il aura préparé un truc, une sorte de gratin foutoir, disant c'est mon premier. Cosma prétendra que cela ne se sent pas, vraiment, c'est très bon. En vérité ce sera sans saveur aucune et lui-même y touchera à peine. Une bouchée, deux et, reposant son couteau avant la troisième, on le verra s'accrocher à la table, pris d'un bref vertige. Aurore voudra n'avoir rien remarqué. Elle n'est pas venue ici dans ce trou pour être bouleversée, surtout pas devant son fils. Vous devriez vous reposer, Alexis, laissez la vaisselle, il y a la machine, saviez-vous qu'elle consomme beaucoup moins d'eau qu'une vaisselle à la main ? Ah oui ? En face Alexis se réjouit d'en apprendre tous les jours mais n'en finit plus de cacher qu'il s'étouffe.

Après que Cosma a quitté la table, il demande à boire et la supplie de mettre un peu de musique. Il semble qu'une minute supplémentaire de ce silence et cet homme pourrait se jeter dehors, même sur des fusils. Mais dans quel film il se débat pour se mettre dans des états pareils, qu'est-ce qu'il se raconte. Elle commence à deviner le contour brutal des gueules ouvertes dans sa nuit, mais c'est encore flou. Elle ignore avec quelle netteté elle les verra demain.

Pour l'instant elle ne veut pas s'approcher autrement qu'en parole. Qui sait sur quelles ténèbres elle pourrait arriver. Rester telle une bougie auprès d'un homme qui la soufflera, c'est sûr, elle ne veut plus.

Mais elle fait ce qu'il faut faire. Se levant, programmant une liste de chansons à texte, montant le son, le rejoignant dans sa prison, franchisant la distance comme à la nage vers un noyé pour lui dire que ça va aller. Et lui comme un noyé qui, brutalement, serre sa taille. Dans les enceintes, c'est Donovan, *Catch the Wind*, plus personne n'est censé écouter ça.

Donovan fait « dididi » et son harmonica imprime à leurs épaules, à leur nuque une sorte de mouvement pendulaire. Ils dansent, oui. Ils voudraient serrer plus fort mais pas maintenant : ce ne serait pas l'autre qu'ils étreindraient, ce serait refermer ses bras en croix sur la peur, tenter de l'étouffer. Alors on danse. Bientôt l'un des deux dira :

— Ça va mieux ?

Ou carrément :

— Merci.

Ce n'est pas ordinaire ce qui advient là, qui les a sûrement traversés au moins une fois au collège, à treize ou quinze ans, avec une Céline ou un Sylvain et puis plus jamais. S'atteindre.

La nuit était bleue sur le causse.

À Paris elle était grise, la nuit, gris ardoise. Sur le bureau du procureur, en haut d'une pile qui augmentait chaque jour d'environ six centimètres, émergeait le mince dossier que constituait la plainte de la mère de Chloé, habillé d'une chemise cartonnée orange. Ce qui, dans le classement chromatique privilégié par le service, signalait un sujet sensible, susceptible d'agiter médias et associations.

Par quels réseaux, florentins, diplomatiques ou domestiques, le contenu de ces incendiaires imprimés notamment l'intégralité de la correspondance Alexis-Chloé parvint à quels journalistes n'est pas une question méritant qu'on s'y attarde. Le premier écho en apparut sur le compte du journaliste qui avait suggéré à Chloé les voies de l'expression artistique. Le comédien Alexis Zagner fait l'objet d'une enquête pour violence morale et non-assistance à personne en danger.

Ensuite, au titre de membre du comité d'administration du petit conservatoire de quartier que fréquentait Chloé à Jussieu (c'est marrant le hasard), Élisabeth rédigea en accord avec la famille une brève qui fut diffusée sur le compte de l'AFP et apparut bientôt en haut du classement. L'école déplorait le suicide de Chloé F., élève particulière d'Alexis Zagner, « Alexis Zagner » en toutes lettres, entretenant avec lui une liaison notoire.

Dans l'heure, Élisabeth, tristement triomphante, voyait s'allumer l'écran de son téléphone. Sa messagerie s'emplissait de demandes d'entretien qu'au titre de seule proche de l'accusé qui fût joignable elle accepterait de fournir à un rythme effréné. Ça devrait désormais aller vite, estimait-elle depuis son lit, cadavériquement rétroéclairée par les néons de l'appareil.

Surprise, violence, efficacité. On comprendra Élisabeth qui ne fait rien d'autre que conjurer une humiliation de femme d'après-midi, ça lui passera, elle regrettera quand ce sera trop tard. Scénographiquement, on peut déjà la féliciter ; la frappe est d'une précision inouïe qui atteindra Alexis dans des décors d'une beauté minérale. Bravo. Même les films racistes ne retirent pas à l'Indien son admirable science du combat, ne serait-ce que pour rendre la victoire des mâles blancs plus méritante. À ceci près qu'il ne s'agit plus de les laisser triompher, on ne fait pas un long-métrage de 1949. On ne fait plus semblant.

Ce mercredi matin Aurore avait soudain voulu sortir. Elle s'était levée particulièrement gaie, avec une envie de passer devant son pensionnaire pimpante et coiffée. Au motif d'aller attendre Cosma devant l'école communale et de déjeuner avec lui sur la place, elle s'était sapée comme pour une occasion alors qu'elle ne pouvait pas savoir. Peut-être l'ombre omnisciente en elle, la part subtile, avait anticipé le caractère exceptionnel de la matinée, lui commandant des gestes de cérémonie et de s'habiller pour la messe.

Bien sûr qu'il a remarqué. Les efforts, les petits artifices au pinceau qui font prendre au regard une place plus importante du visage. D'ordinaire, qu'une femme ostensiblement apprêtée pour lui se plante sur sa route, les yeux brillants, garantissait un début d'érection. Mais il a perçu, dans cette application à paraître, quelque chose comme une corruption d'Aurore qui l'a peiné. Il a pensé putain ça va pas, décidément je tourne mal.

Une veste en denim foncé, une jupe imprimée, de brèves bottes en daim. Toutes choses qui n'avaient pas vu la lumière depuis son départ de Paris et qu'elle avait exhumées d'un tiroir bondé de vieilleries neuves et chatoyantes, contenu réprouvé, destiné à la Croix-Rouge. Du brillant, de l'ajusté, du cuir qui avaient habillé la femme d'avant, ainsi qu'elle s'appelait en renonçant la plupart du temps à ouvrir le tiroir. De toute évidence ces histoires de femme d'avant, c'était de la littérature et du concept néorural. Elle avait écumé le stock caritatif.

Plus tard elle se souviendra de l'heure, 11 h 30, car la sonnerie alertant de la prochaine ouverture des portes de l'école a retenti quand elle arrivait. Et la température aussi, dans les dix-sept degrés, et tout le reste.

Un foulard en soie, des boucles d'oreilles.

Elle se souviendra du nombre de parents d'élèves qui bavardaient à la porte et que c'était une femme qui avait dit Alexis Vagner, Zagner. Oui Zagner, le comédien, celui qui prenait des poses progressistes.

Un petit sac en agneau plongé, du musc blanc vaporisé dans la nuque.

Les autres savaient de quoi il s'agissait, encore un dégueulasse, s'étonnant que le théâtre ait été si longtemps épargné. Mais de quoi parlait-on exactement ? D'agressions sexuelles sur mineure et au pluriel. Encore, se plaignait-on sur le trottoir, regrettant que le monde ne se renouvelât pas plus vite.

Du rouge à lèvres et au poignet une manchette en vermeil.

Pas mineure, pas sexuelle, l'agression, mais pire et pas mineure mais presque. Et pas plusieurs, pour le moment. Une seule qui n'avait pas survécu. Un suicide, à première vue. C'est dommage, l'enterrait la dernière, je l'avais vu à Cahors avec mes terminales, il était incroyable. S'ensuivit, car c'étaient des gens de réflexion, le classique échange relatif à la nécessité de séparer à la hache l'homme de l'artiste.

Du mascara, un sérum capillaire sur les pointes et les longueurs.

On dit qu'il a disparu, qu'il est passé dans le coin la semaine dernière. Et après une grossière tentative politico-marketing, plus trace du salopard, envolé. Un aveu, en somme.

Dans l'intervalle, Aurore était partie. Toute légèreté et toute joie laissées sur le trottoir. Avec de l'imagination on pouvait voir, à l'endroit déserté où elle avait entendu ces propos, le petit tas fumant des vêtements printaniers, la femme dedans cramée sur place et dissipée comme un songe. Cosma déjeunerait à la cantine.

Bonjour le scoop. N'est-ce pas souvent cela un héros de western, une merde autonome, un queutard ? Qu'il sache ouvrir des coffres avec une pelle, chevaucher debout et faire le pitre masque en la montrant sa nature de brigand et signifie son devenir de paria. Que ferait-il dans les déserts s'il était encore désiré ailleurs ?

Aurore avale des mètres de contenu en ligne, rafraîchit la section actualités de la page Alexis Zagner sur Google, et d'une voix étouffée par l'indignation elle aligne des onomatopées.

Alexis ne lit rien. Il s'inquiète de savoir si elle a parlé à quelqu'un de sa présence ici et, au cas où elle porterait quelque crédit à ces crachats, il jure que c'est faux, tout. Tout ce qui est écrit, même pas besoin de le lire. Il prononce le mot « machination », évoque un être malfaisant qui, caché dans les cintres, s'amuse à le déplacer, lui, Alexis, de plus en plus près du gouffre pour une raison absurde. Oui absurde, cette atroce et trop systématique épithète de l'existence. Absurde. Il n'est pas ce qu'on en rédige, quoi qu'on rédige. Il était prévenu. Il savait devoir prendre un coup sans en connaître ni la direction, ni la nature, ni la force. Bon ben voilà.

— Pardon ?

Voici près d'un mois il quittait une femme qui, stérilisée par la souffrance, lui a dit tu es foutu, et ce n'était pas une menace, mais une promesse.

— Ça va être la faute d'une femme ? La victime ou encore une autre ?

À ce stade il ne comprend pas. Il pense que « victime » c'est une image, une expression, pas un vrai corps. Il faudrait qu'il lise ce qu'on lui fout sous les yeux depuis dix minutes mais il ne veut pas. C'est ouvrir une poubelle et se fourrer la tête dedans, qui d'encore un peu décent ferait ça. Il voudrait expliquer à Aurore comment le théâtre et le réel rivalisent en tragédie, comment les pulsions des uns ordonnent le destin des autres.

Elle, sidérée. En plus ça veut expliquer comment ça marche ? Ça n'évoluera donc jamais, ça mérite tout ce qui lui arrive. En plus c'était prévenu ? Et c'est chez elle qu'il est venu attendre cette tempête d'étrons. Enfin elle le dit autrement. En anglais.

Lui, nuancé. Théoriquement c'est chez lui d'abord et il n'avait pas imaginé y trouver quelqu'un. Et non il n'attendait pas, il anticipait. Il fuyait comme exercice de la volonté, il a le droit. Il envoie le mot « droit » comme on recrache un noyau.

Moi. Normalement, à ce stade du western et au nom des logiques de bannissement qui en fondent la narration, le droit, on a fait une croix dessus. On chevauche et on réfléchit. Mais Alexis est cabotin. Sur le plateau on lui écrivait des choses et il s'en écartait, il cherchait tout le temps des effets dans la dissidence. Cela dit, avec cette panne de bagnole, la rencontre et les confidences de la nuit, il nageait déjà un peu dans la mare lunaire du romanesque, Alexis. Peut-être n'est-il pas un héros de western au sens académique du terme, il est temps de l'admettre. Peut-être milite-t-il pour la version polluée du genre, quand le héros a perdu cette transparence des origines à travers laquelle resplendit le sens d'un combat personnel et la certitude de son motif. Il serait alors le fuyard démystifié des westerns contemporains. Plus tabagique, plus doux, son âme fragile enrhumée par les tremblements existentiels et la crainte du passé.

Elle. Elle pense la même chose mais sans la distance. Sa déception est une expérience physique, avec larmes et nausée. Regardez-vous, un vague et repentant prédateur en bottines, encore un autre, la peinture du présent, homme fuyant l'annonce de sa déchéance annoncée. L'ordinaire, le gros des troupes, la solution chimiquement pure de la médiocrité.

Lui. Attendez supplie-t-il, prétendant à nouveau s'expliquer, du moins essayer.

Pitié. On ne va pas en plus lui demander, à Aurore, de se cogner les confessions d'un raté du siècle. Si encore il avait vraiment tué quelqu'un, idéalement par amour ou légitime défense. Même par ivresse ça passait. Quelque chose d'un peu minéral, bordel, un tout petit peu mythologique, quelque chose qui puisse vous faire cacher un homme à l'Ouest pour une raison excitante. Elle ne demande pas du jamais-vu, pas un braquage dans le métavers ou que sais-je, mais elle espérait tellement mieux en termes d'obscurité du personnage. Et voilà, la rengaine. L'histoire éventée de l'impuissance masculine qui prend sa revanche dans l'humiliation du sexe encore faible mais, Seigneur, qui n'avait pas nagé là-dedans, dans le crime mou saisi par le droit mou, l'inqualifiable et pourtant éternellement qualifié marécage de la misère ordinaire, qui ? Raté, pauvre type, caricature. Repartez avec vos casseroles, bruyant partenaire de chevauchée que vous êtes, pour une fois qu'on s'amusait, conclut-elle plus ou moins, finissant de révéler ce qu'elle est. Une romantique. Une romantique pathologique. Une qui ne voulait plus d'histoires, tu parles. Ça dépend lesquelles.

Moi je pense qu'une romantique en face d'un réprouvé, il y a de l'espoir. Potentiellement même des enfants. On pourrait peu à peu achever le western à coups de mythe conjugal, mariage et potager, nouveau couple du nouveau monde.

On pourrait renverser la grammaire du repos impossible en quiétude chèrement mais sûrement acquise.

Lui. Il ne la reconnaît pas à l'instant. La tristesse dont elle est repeinte. Les yeux, le visage, les vêtements. D'ordinaire décevoir une femme ne lui fait pas grand-chose, voire n'était pas exempt d'un début de satisfaction, mais à l'instant il s'en veut à se foutre en l'air. Lui revient une seconde, une seconde seulement, l'obsession motrice qui l'avait fait naître et devenir. Être quelqu'un d'autre. Il voudrait être quelqu'un d'autre. Ce désir-là, à vingt ans c'était des ailes. À quarante-cinq c'est un aveu de défaite, d'abandon. D'ailleurs il va bientôt abandonner.

Elle a dû vraiment comprendre à ce moment-là. Comprendre qu'il ne savait pas. Il supposait le contenu de la presse, des avanies standard et des liaisons tardivement révélées, mais du fond et de quoi on l'accusait, il ne se doutait pas.

Elle lui en fait lecture à voix haute, elle le force.

Et il apprend a priori à ce moment le décès de Chloé, médicalement intervenu l'avant-veille.

Voilà, regarde. La statue du Commandeur est une gamine.

Moi. On pourrait recenser cent manières de réagir à ce type de nouvelle. Quelqu'un que vous avez quitté, qui peut-être vous aimait à la démence, s'est tué. Une femme est morte qui serait peut-être en vie si vous ne lui aviez pas adressé la parole sur le trottoir pour lui dire n'importe quoi quelque dix-huit mois auparavant. La réaction d'Alexis est nulle, à première vue. On ne voit rien parce que le sang qui se retire des tissus ça ne se voit pas, les gens ne pâlissent pas d'un coup, c'est juste une façon de parler. La réaction d'Alexis est en vérité totale. Il reçoit la nouvelle de la mort de Chloé comme de la sienne. Et de minute en minute, quelque chose en lui qui répondait à son prénom depuis l'enfance se détraque et meurt aussi. Et cela le soulage. Parce qu'être vide c'est déjà moins lourd. Tout sera plus facile si vivre est un problème de moins.

Vu de l'extérieur, vu d'Aurore, c'est indéchiffrable et donc monstrueux. Un monstre.

Elle déconnecte son attirail de salariée phygitale en dix minutes et l'emporte. Bientôt elle aura bâclé une valise et deux sacs, préparé des explications qu'elle proposera à Cosma quand, à la sortie de l'école, elle devra lui annoncer, des bagages plein le coffre du taxi, on va dans le Limousin profiter de la canicule chez papi. Les vacances ne commencent que vendredi, oui et alors, les veilles de vacances on ne fout plus rien à l'école. Quand il hurlera qu'il veut récupérer la boîte aux améthystes et qu'elle la lui montrera pour le calmer. Non je n'ai pas oublié la boîte mais ne t'y attache pas trop, peut-être mamie l'a-t-elle aussi vendue à n'importe qui.

Avant cela, tandis qu'elle remue la baraque, ouvrant des placards sur des sacs et des vêtements d'enfant, il continue d'abandonner. Il se tait. De plus en plus paisible. Il est désormais de l'autre côté du choc et de la peur comme on l'était du Styx, étrangement peinard d'être vaincu, et de cette rive, il voit enfin ce qui vient. Il n'attend plus rien de cette existence qui se sera révélée en accord avec la promesse initiale, merdique, instinctive et criminelle. Après ça le cœur battra trop peu pour l'emporter. Les autres seront cet inutile décor décelé à travers le coma organisé, avec pour mot d'ordre « rien à foutre ». Il se pourrait même, songe-t-il, que pour la première fois depuis des mois il s'endorme tout à l'heure dans l'herbe. Il devient fou.

Elle ne voit que son calme et ce calme la révulse. Elle voit que pour lui ça a marché, avoir disparu au moment où partait la flèche et ne pas vivre son quart d'heure de honte, passer à côté. Son corps a des sursauts, son estomac aussi. Elle, calme, elle ne le sera décidément jamais. Elle pense ce qui leur passe au-dessus à eux, nous passe à nous par le corps. C'est lui qui devrait avoir envie de se vomir et c'est encore moi qui ai mal au cœur.

Alexis fait un geste inintelligible, interdit. Il ose ouvrir les bras, avec des airs de dire allez on ne va pas se quitter comme ça, un câlin. Il n'a rien osé du tout en réalité, il n'osera plus rien avant un moment. C'est juste l'effet d'une détente, ce sont ses nerfs qui, bandés dans l'attente depuis des mois, débandent. Il n'ouvre pas vraiment les bras, ce sont ses bras qui, dans un tressaillement, le lâchent aussi.

Trop tard. Elle pense qu'il le prend comme ça.

Elle vient vers lui puisqu'il le demande, tu vas voir. Et elle le frappe, à poings fermés. Elle n'a jamais frappé personne et ça se voit.

Lui ne sait pas comment faire, voudrait la retenir, mais la retenir c'est la contraindre et on va arrêter avec ça. Elle frappe de plus en fort, elle dit dans les larmes des choses qu'il saisit mal. Il entend pourquoi, pourquoi moi, parce que les gens prennent tout pour eux. Elle frappe désormais plus régulièrement, elle semble avoir trouvé un rythme à sa colère, et dans ce rythme, un apaisement. Elle frappe du plat de la main sur le plat des chairs, la poitrine, le ventre, les épaules, sauf au visage.

Alexis devine l'importance qu'elle a pris pour lui quand il sent la disponibilité de tous ses muscles à absorber ses coups afin qu'elle ne se fasse pas mal. Il ne va pas pouvoir mourir tout de suite, fait chier.

Une fois sa colère toute passée dans les bras, Aurore a arrêté. Parce qu'elle a senti en face la chair du salopard répondre et accueillir. Il faut faire attention. Haïr demande une vigilance, un certain maintien.

Moi je pense qu'elle frappe pour s'obliger plus tard au pardon, imposer le retour de la douceur. Un jour ou l'autre.

Elle s'en va, jetant les clés sur la table, quelqu'un viendra récupérer le reste, vous êtes chez vous, adieu.

Idem, on ne dit pas adieu dans la vraie vie. C'est romanesque, c'est bon signe.

— Une seule chose Aurore. Pourquoi m'avoir laissé entrer ?
— Vous n'avez pas compris ? Il suffit d'être pitoyable pour m'attendrir.

Allons Aurore. Il suffit de constituer un sujet.

Après quoi, j'ignore ce qu'il a pu faire, du café forcément, ou manger quelque chose, dormir. La trouble paix qui le prenait tout à l'heure s'est amplifiée. Ce qu'il craignait tant de voir arriver vient de l'atteindre avec une force inimaginée et commence à le détruire pour longtemps, doucement. Il s'agit désormais d'accepter la destruction comme façon de vieillir, au contact permanent d'un acide qui vous défigure mais vous laisse en vie. C'est possible. Il doit juste appliquer la seule façon connue d'être au monde, celle dont on le menaçait enfant et qu'il avait évitée : s'habituer. S'habituer au tableau entre Dom Juan et Hamlet, avec Chloé pour toujours en Ophélie, à plat ventre dans son vomi et lui, l'amoureux en cavale, jamais assez tragique pour se flinguer, assis sur le lit queue entre les jambes. Peu à peu gommé du poster.

Le plus étrange est qu'il se sent chez lui pour la première fois. Ce n'est pas le relent grossier de l'occupant légitime, cela n'a rien à voir ou presque avec les murs et le paysage. C'est qu'Aurore partie il est désormais entièrement caché du monde. Et tel sentiment de dissimulation se confond avec celui d'un bien-être inconnu. Il s'en doutait mais à présent que la paix, voire la joie, le traverse avec cette netteté, ça l'impressionne. Être chez soi, ce serait donc disparaître ? Il est chez lui quand il n'est personne à l'intersection du passé et du désert.

Le choc, le vrai, c'est ça.

Du passé demeure tout de même une envie tenace, celle de fumer. Il devrait bientôt se rendre au village, s'enquérir d'un tabac et, pour ce faire, traverser la place vide. Il n'est pas si bête. L'erreur l'attend ailleurs. Du même passé demeurent une image, un malaise, une gêne et un visage qui tous ensemble répondent encore dans le cœur d'Alexis au prénom d'Olivia. Il tourne en rond dans le salon, des cercles larges, puis des cercles étroits qui le rapprochent assez vite du téléphone sans fil. C'est qu'il envisage d'appeler Olivia, lui dire Olivia c'est moi. Ne lis pas et ne crois rien. Olivia je n'ai jamais détruit personne, tu sais bien, à part toi oui à part toi pardon mais reconnais que nous étions deux, Olivia rien ne soutient l'accusation d'emprise, d'abus. Bien sûr que je prends, mais pas tout, pas tout ça. Bien sûr que j'abuse. Mais pas comme ça, pas toujours.

Olivia c'est moi. Oui. Ne raccroche pas. Olivia c'est moi. Olivia bonjour c'est moi.

Il s'entraîne à l'apaiser et ainsi s'apaise. Trop. La vigilance résiste mal à l'apaisement, ça l'endort.

Quand il est prêt il compose le seul numéro qu'il ait jamais mémorisé. Il se saisit d'un téléphone qui aurait pu ne pas fonctionner, ne jamais être installé.

— Olivia ? C'est moi.

Dans tout western, le héros est rigoureusement lié à ses moyens d'action. Il fait moins ce qu'il peut ou ce qu'il veut qu'avec ce qu'il a. Alexis avait tout un désert autour et devant lui des chemins pour fuir jusqu'en Espagne, mais il avait un téléphone. Dans bien des westerns, le héros s'effondre de mal jouer la seule carte qu'il possède. Sa liberté.

— Ne raccroche pas, pitié. Écoute-moi.

Au même moment, à quelques rues de l'appartement où Olivia décroche le téléphone, on imagine à Paris une conversation entre le jeune journaliste éveillé et ses responsables au journal nécessaire, au sujet de ce début de tempête médiatique. Le responsable des pages société ne parle pas beaucoup, il ne se remettra pas tout de suite de cette tragédie, une part de lui pense qu'il aurait pu mieux faire et l'autre veut encore faire quelque chose. Il écoute pour le moment, il ne la ramène pas. Quelqu'un dirait on en est où, nous, de l'enquête sur Zagner. Nous ne sommes pas des incendiaires mais à présent que le feu prend partout, on ne va pas être les derniers à l'alimenter. Si, dirait quelqu'un, on attend. Il s'agit tout de même de cramer une vie, peut-être davantage. Quelqu'un dirait c'est bon, on attend déjà depuis deux mille ans, citant des mortes qui sont des cas à propos desquels on a attendu. Quelqu'un dirait mais on n'est pas la justice, putain, et on imagine quelqu'un pour lui répondre que la justice avance à deux à l'heure, sur cent affaires judiciarisées, compte-moi les condamnations. Quelqu'un pour dire mais on a quoi. Quelqu'un pour répondre, franchement ? Rien. Ni preuve ni pièce à conviction.

Allons, il y a toujours quelque chose plutôt que rien, aura rappelé le leibnizien de service.

C'est à ce moment que sera intervenue la réponse du responsable des pages société qui fait décidément peur à voir, qui ne dort plus depuis quatre nuits. Alors on a un cadavre, une plainte pour non-assistance à personne en danger, une pétition de quatorze mille signataires pour que son Molière soit retiré à Alexis, et surtout toute la correspondance de Zagner avec la victime, 10708 messages en six mois. Ce n'est pas *une* pièce à conviction en effet, c'est une mine et il se porte volontaire pour y descendre.

Voilà qui arrange tout le monde. On lui demande pour la forme s'il est certain. Attention mon petit, Alexis est protégé, certes de moins en moins mais tout de même. Le journaliste est décidé, les risques sont minces à exploiter les éléments d'une affaire en cours, voire nuls. Il parle de devoir. Non pas celui de punir, enfin un peu, le devoir de répondre aux cris d'effroi qui se sont tus.

Bref, recruté in extremis par le western, il semble d'accord pour y jouer son rôle éternel, celui qui imprime le mythe et qui se fait descendre. À l'ouest c'est souvent l'imprimerie qu'on saccage en premier et le rédacteur partage avec le télégraphiste le privilège de mourir à la tâche. On verra.

L'intérêt pour une rédaction d'éditer un *pure player* et non pas du papier, c'est la place. Une publication traditionnelle froissable n'aurait pas pu se permettre de laisser le problème Zagner s'ébattre comme ça, sur des mètres d'écran chez n'importe qui, par tranches de dix mille signes, et le problème n'aurait jamais eu cette belle croissance. Un journal même dimensionné à l'ancienne, 47 par 32 centimètres, aurait hésité à fournir ceci : tout ou partie de la correspondance d'Alexis, en l'espèce une centaine d'extraits de messages adressés à Chloé, soutenus par un appareil analytique conséquent démontrant l'entreprise de destruction du sujet amoureux par le prédateur-locuteur. Cela paraît le lendemain de la mort symbolique d'Alexis qu'on aurait eu tort de prendre pour la fin. Ça commence.

La puissance du discours amoureux et son principal vice, réapprend-on sous la plume du tout jeune journaliste, c'est qu'elle est dissimulée. Le discours amoureux, planquant ses armes létales, peut porter la charge plus loin chez l'autre en territoire intime. Autrement dit « je t'aime » est un chaton ceinturé d'explosifs qu'on prend dans ses bras et boum. L'idée de cette analyse est d'ouvrir le chaton en deux, qu'on en finisse. Nous invitant à détruire l'illusion d'un pacifisme du discours amoureux, l'article prétend dire enfin de quoi il retourne, dans une analyse des cinq temps de la performance néodomjuanesque : ravissement, contrainte, anéantissement, durcissement, abandon.

Premier temps. Alexis inaugure les échanges avec Chloé, ayant extrait lui-même le numéro du fichier des candidates au concours. Abusant de son accès aux données personnelles, il ne s'excuse pas de ce premier délit d'initié. Dans un symptomatique retournement des valeurs morales, il en fait même le garant de son élégance. *Je me suis permis de rechercher au secrétariat votre numéro qu'il eût été déplacé de vous demander en public. Vous étiez si triste tout à l'heure. Vous étiez si juste ce matin sur scène. J'aurais tellement aimé vous accueillir ici. Mais voilà... Si je peux faire quoi que ce soit n'hésitez pas. Ou simplement parler.* On note la perversion qui introduira toutes les autres. Au gré d'un aveu d'impuissance (*j'aurais aimé*) Alexis occupe d'emblée la position doublement dominante du maître qui sanctionne et de maître qui console, emprisonne l'élève dans un *double bind* ou « injonction paradoxale » dont les cliniciens de l'école de Palo Alto ont prouvé qu'elle rendait fou. Faut-il préciser que le *j'aurais aimé* suppose ici un *j'aurais pu* d'une cruauté saisissante. Nous y sommes. L'analyste précise qu'il se refuse à la profanation que constituerait la restitution des énoncés de Chloé sans la permission de celle-ci. On n'obtient pas ce genre d'autorisation d'outre-tombe.

Passons quelques échanges de mise en route initiant premier verre, premier dîner où seront relevés différents marqueurs de prédation. Alexis choisit les endroits, indique ses préférences sans quasiment jamais questionner celles de la destinataire dans un récit de l'attente (la hâte du premier rendez-vous, puis du deuxième) qui tourne à l'impatience, *je ne pense qu'à vous revoir, dites-moi, je suis libre dès 15 heures, vers le Palais-Royal.* Très vite se déploie un discours de l'attente constellé d'injonctions, *ne sois pas en retard, reste avec moi ce soir, demain matin, regarde-moi encore avec ces yeux-là, je veux te voir tous les jours* et autres *attends-moi au Bonaparte, à l'intérieur pas en terrasse* où circule, en creux et en sourdine, ni plus ni moins qu'un récit de la chasse, avec son lexique de la volonté à grands coups de *je veux* et ses allégories de la curée. *Encore une heure ma beauté et je me jette sur ta bouche. Je vais te serrer jusqu'à ce que tu me demandes d'arrêter.* Puis les messages commencent à se multiplier à proportion d'un toutes les deux heures, les mailles du piège du discours, encore lâches, pourraient cependant laisser une échappée à Chloé, d'autant que selon la chronologie des faits telle qu'elle apparaît dans la correspondance, la relation n'a pas été sexuellement consommée. Elle doit avoir peur. Preuve que ses instincts n'étaient pas endommagés à l'époque, preuve que c'est lui. Flair propre au chasseur, Alexis doit le sentir, il accède très vite au discours déclaratif avec une précocité saisissante et forcément tactique. *Quoi qu'il advienne, même si tu ne me touchais pas, je suis amoureux. Toi aussi, je le sais. Alors je peux attendre des siècles.* Et quelques secondes plus tard, l'injonction qui contrarie l'ensemble du message précédent : *réponds-moi quelque chose.* Un intellectuel sentimental y déchiffrerait le werthérien penchant à jouer des hypothèses tragiques, le *quoi qu'il advienne* laissant entendre qu'il adviendra le pire.

Mais nous ne sommes pas de blanches et jeunes khâgneuses occupées à de gratuites plongées sémantiques, nous observons l'arme d'un crime. Aussi, traversant les filtres lyriques, on lira dans tout cela l'imposition d'une dialectique amoureuse là où, peut-être, la victime pouvait encore souhaiter la dialectique de l'amitié. Mais le sujet déclarant requiert arbitrairement et sans débat toute l'attention, la considération, le temps, bref la vitalité du sujet aimé au motif discutable qu'il se sait aimé. On y lit une première suppression des libertés individuelles. On y lit une déclaration de guerre à armes très inégales. La guerre par le langage va se dérouler qui laissera Chloé sur le carreau. Selon le journal de Chloé, le premier rapport était consenti, rapide et, par effet de surprise, non protégé. Elle aurait aimé qu'il le soit mais ne l'a dit qu'après. Fin du premier temps, ravissement exécuté.

Deuxième temps, la contrainte. L'article de fond accorde une attention toute particulière aux énoncés qui encadreraient l'épisode du premier rapprochement sexuel. Dans les quarante-huit heures qui le précèdent, Alexis envoie cent soixante-sept messages, à croire qu'il n'a rien à faire ou qu'il écrit en travaillant. Pas impossible dans la mise en scène du *Dom Juan* qu'il répète alors, celui-ci est accessoirisé d'un smartphone. Cent soixante-sept messages où la débauche verbale comme échec momentané d'un désir qui ne peut trouver d'autre expression dans l'instant : flot ininterrompu d'aveux de fébrilité, d'émoi, de détresse, de folie, d'égarement, rappelant jusqu'à la caricature le jaillissement séminal et la jouissance qui tarde. *Quand je lis ton nom sur le téléphone je pourrais exploser de joie, j'ai une énergie incompréhensible, je suis resté debout toute la nuit, j'ai envie de crier ton prénom, Chloé, Chloé, Chloé.* Une écriture de puceau, diraient les spécialistes, d'impuissant diraient les lacaniens. Mais Chloé, qui n'est ni l'un ni l'autre, est submergée. On la noie. *Je vais t'embrasser, je suis fébrile, je compte les heures, les secondes, je serai à la gare, je sais tu voulais pas, j'espère que tu m'en voudras pas et si tu m'en veux tant pis, j'en peux plus, je serai là.* Je, je, je. Le ressassement du « je » et la description compulsive de son impatience laissant toujours moins de place au désir du destinataire, sa forme, son rythme. Chloé affirmera qu'à ce moment-là elle est « très troublée » et « ne sait plus dire non ». CQFD. En affirmant sa présence à la gare où on ne l'attendait pas, il fait toujours l'aveu de son élémentaire programme : s'imposer.

Les messages qui succéderont à la première nuit sont un cas d'école. Trois cent vingt messages en trois jours, où le langage n'est plus exploité que comme zone érogène, zone de contact entre l'un et l'autre. En d'autres termes, Alexis se frotte. *C'était merveilleux, j'en veux plus, je me caresse, je ne jouirai pas avant que tu reviennes, reviens, j'ai besoin de t'embrasser avec le goût de mon sexe sur ta bouche, j'arrête, mais comment te cacher que je suis très dur, c'est infernal, je bande en voyant ton nom s'afficher, écris-moi, j'ai ton odeur sur les mains, partout, tu dors ? tu es nue ? une photo par pitié, montre-moi tes seins, j'ai gardé ta culotte, je ne te la rendrai pas, j'ai quinze ans, non à quinze ans je n'aurais pas osé te dire je vais te prendre pendant des heures ni je veux t'entendre crier, on se retrouve pour dîner, je commande quoi, je n'ai rien commandé j'espère que tu n'as pas faim, j'espère que si, je rêve que tu me suces dans l'entrée jusqu'à… je vais jouir sur toi.* Répétition intense des thèmes et des métaphores, répétition continue du message dont on connaît, depuis les premières études behavioristes sur le comportement des foules, l'effet coercitif sur le cerveau. Le sujet s'en trouve privé de tout recours critique, en proie à une pure et simple paralysie du jugement. Peu à peu, il adopte le message répété comme consigne. Il le fait sien, l'assimile en croyant l'avoir produit. Symptomatiquement Chloé ne répond plus alors que « moi aussi » et « pareil », « moi aussi j'ai envie de te sucer » restitue le rédacteur transigeant avec son idée de la profanation.

À ce stade Chloé est donc « pareille », un simple reflet d'Alexis, narcissique et unique inventeur de la passion qui déroute Chloé. Elle devient la créature amoureuse du discours d'Alexis, à la fois créée par lui et sa prisonnière. Mais personne ne peut parler de cul H24, même Zagner. Les mots commencent alors leur plus sédative opération, le bavardage amoureux comme hypnose. Début du troisième temps avec l'anéantissement du sujet. Les *mon amour* iront se multipliant, festonnant des propos allant de tièdes à bientôt incendiaires où très vite la passion coïncide avec son commentaire dans la pure tradition romantique française. *T'aimer c'est me connecter à moi-même, je trouve en moi des ressources oubliées, ce matin j'ai ouvert les yeux sur l'image de ta chatte ouverte et je savais enfin pourquoi me lever, pourquoi être en vie*. Bientôt, brièvement très XIXe siècle, triomphent dans les propos d'Alexis les mythes éculés de l'amour. L'amour comme maladie. *Je ne mange plus, je ne dors plus, ton corps m'obsède, je ne fous plus rien, je suis atteint par quelque chose qui me ravage et répond à ton prénom, opère-moi.* L'amour créateur. *Je te porte en moi comme un nouveau talent, ce soir au Châtelet j'étais génial et c'était toi, je ne m'étais jamais entendu si net, si présent, tu m'habites, tu es ma bite.* Et bien sûr, standard du discours amoureux pour les nuls, l'inexprimable comme contenu. *Je ne peux pas te dire à quel point tu me plais, ni la nature de mes rêves, ni par quels noms délicieux je t'appelle.* Et puis pas un pont, pas une rue, pas une voix qui n'évoquent Chloé, tout fait référence à elle, et de cela Alexis l'entretient heure par heure et parfois minute après minute. Chloé en concevra des migraines, dites « migraines avec aura », réputées consécutives à l'exposition continue à la lumière bleue. Elle ne répondait pas ou peu. Le bavardage est par définition déréglé, il n'implique pas de distribution de la parole, il est essentiellement soliloque. Elle dira surtout avoir identifié les premiers symptômes de la dépendance et ses risques mais « il était trop tard ». Le téléphone n'est plus que l'interface à travers laquelle l'un hypnotise l'autre, Chloé n'appelle plus ses amis, ne répond qu'une fois sur trois aux messages de sa mère.

Il est temps de rappeler que la jeune fille se déplace à vélo, son téléphone fixé au guidon par emboîtement dans un petit étau métallique. Ainsi peut-elle suivre une trajectoire et, selon l'application ouverte, évaluer les kilomètres parcourus, les calories dépensées, des choses comme ça. Mais l'attention de Chloé est désormais entièrement convoquée par la loquèle d'Alexis qui se développe sur son écran. Ça sonne, ça s'allume, ça vibre, ça se multiplie. Quand bien même elle ne voudrait pas lire, pas répondre, il s'agit toujours à un moment ou un autre de rompre le flux des énoncés. D'en placer une. De respirer. Aussi en l'espace de cinq semaines Chloé aura subi quatre accidents de la circulation, dont un avec légère commotion cérébrale. Je ne pouvais plus réfléchir, c'est comme s'il me dictait ce que je devais ressentir.

Les messages d'Alexis constituent le bruit de fond d'une existence désormais vouée à les vouloir, à les attendre. Elle aurait pu vouloir autre chose ? Un rôle dans une pièce, un homme décent. Bien sûr que non, de sa volonté propre Chloé a été doucement et progressivement privée, un véritable rapt doublé d'une sédation de la personnalité. D'une abolition de toute envie susceptible de concurrencer l'envie du contact avec Alexis, y va carrément le journaliste. Au profit de la seule voix de son maître, elle a cessé d'écouter la pop anglaise qui l'accompagnait partout, au casque, chez elle. D'ailleurs la pop anglaise, Alexis pense que c'est de la merde. Il lui envoie une à deux fois par jour une piste Spotify d'un morceau classique. *Écoute ça, ma chérie, écoute les dernières mesures de cette gymopédie de*

Satie, c'est très sensuel, ce soir je l'écouterai en toi, je vais te baiser sur du Satie en t'attachant ce sera très Troisième République. De même, il lui fait écouter en Audiolib des tirades entières des rôles qui l'ont marqué, principalement celles qu'elle n'a pas lues. *Tu es mon Andromaque, je suis à la fois Hector et Pyrrhus et on ne défonce que toi, mon antique, ma Grèce.* Hector et Pyrrhus, père et fils soit dit en passant, ce qui pour être hellénique n'en reste pas moins dégueulasse. Il lui adresse des articles, des podcasts, un ensemble des supports pédagogiques disparates allant des *Écrits de Rodez* d'Artaud aux épisodes d'une série sonore consacrée à Jean Vilar. Bref, il enseigne. Avant même de lui proposer de lui faire répéter les rôles qu'elle étudie en cours, il avait installé un système d'emprise reposant sur la dialectique maître-élève. Ajoutons que la modification des goûts de l'individu, forcé à passer d'une pratique composite, oxygénée, à une pratique culturelle sociotypée, bourgeoise et distinctive, trahit encore, s'il en était besoin, la position surplombante qu'Alexis prétend occuper. Il est opprimant. « Je me sentais idiote à ses côtés, avouera Chloé à son amie, mais il m'augmentait par sa culture, son savoir, son aisance. J'étais plus que moi. J'étais reconnaissante, avec le recul, davantage qu'amoureuse. » Il avait bien réussi son coup.

Bien sûr, aucune trace d'aucune doxa dans le langage d'Alexis. Pas l'ombre d'une quelconque morale qui pourrait s'inquiéter des implications d'un rapport enseignant-apprenant reposant sur dix-huit ans d'écart d'âge. Rien qui s'excuse d'une entorse au contrat conjugal et zéro mention d'Olivia qui, comme obstacle, est escamotée. Aussi, dans son amoralité, le discours corrompt celle qui le reçoit. Il fait comme si. Il se fout de tout, développe-t-elle dans son journal. Comme si. La rhétorique du comme si, Alexis la manie avec un raffinement de bourreau. *Tu voudras être ma femme, je te dirai oui, tu seras ma dernière femme, je l'ai su quand je t'ai vue sur ton vélo, tu voudras un enfant je te dirai oui, il s'appellera Julien, j'adore Julien, fille ou garçon, il dormira bien, tu pourras même me sucer dans sa chambre et il n'entendra rien quand je te défoncerai.* Chloé est alors entièrement dépendante du discours d'Alexis. Elle adopte Julien, son prénom, son contour. Elle n'a jamais été aimée si fort, dira-t-elle comme un reproche à sa mère qui l'interroge, affolée. Elle attend ses messages, elle s'y découvre, elle ne croit quant à sa personne que ce qu'Alexis en décrit. C'était comme recevoir des évaluations. S'il ne lui écrivait pas qu'elle était belle, elle se sentait moche à mourir, nous confie sa maman, associant très justement le langage à un psychotrope. Quels étaient ces moyens de subsistance psychique avant d'être l'heureux objet de sculpture d'elle-même par le langage ? Elle aurait confié à sa mère il me galvanise, ça me booste et je me demande de quoi j'ai vécu avant.

Nous y sommes. Le discours remplace, le discours fantomatise l'amour et vampirise le sujet. La perversion ici d'Alexis et son impardonnable faiblesse furent d'engager les mots et non sa personne, suscitant une escalade hystérique chez le sujet aimé. Bientôt Chloé, en cette glissante fin du troisième temps, ne peut que superposer présence verbale et présence physique. Le réel et le fantasme, le ressenti et le tangible, le lu et le vécu sont démoniaquement voisins, perméables et bientôt indistincts. Elle devient folle, comme promis. Elle est faite, ainsi qu'on dit dans la cuisine à propos des gibiers faisandables.

Alexis va rédiger alors la dernière offensive. Peu à peu ses messages se perlent d'articles possessifs. Ce qui était à Chloé est à lui. *Ma chatte, mon cul, ma maison, mon ventre*, dit-il à propos des siens, les déclarations de propriété se mêlent aux exigences d'asservissement, *tu es à moi*, *jure-moi que tu n'es à personne d'autre*. Assomption de l'amour vers la propriété, donc vers l'esclavagisme. Dans le dernier mois des échanges, on relève un très significatif *je veux continuer à t'étudier pièce par pièce.* L'euphémique « étudier » crie le verbe qu'il remplace : « démonter ». Démonter pièce par pièce. Surgissement d'une bestialité jusqu'ici contenue dans une certaine poétique. Premier durcissement.

Bientôt le mythe romantique s'effondre, il n'y a plus de sublimation possible, Alexis éprouve l'impossibilité de passer une partie de son désir dans son art et Chloé va se prendre des vagues de plus en plus hautes, de moins en moins lyriques. Alexis ne peut plus la voir. *Je suis épuisé par nous, par toi, par cette histoire qui m'est tombée dessus, je travaille mal, j'en ai ras le cul, je fais de la merde.* Sa plainte ne se dispense plus d'un vocabulaire égoutier avec quoi la déclaration de son désir ne contraste plus. *J'arrive, au Vieux-Colombier c'était naze et public de merde, tu es chez moi ? Mets-toi à quatre pattes, au moins ce soir je verrai sourire ton cul.*

Quelques jours de contenus salaces, espacés. Le sujet subit alors la perte des repères qu'on lui avait imposés. D'après les messages, Chloé semblait perdue, ne comprend plus et s'ingénie à susciter un retour du poétique, du sentimental par des déclarations douces et enfiévrées. Mais il ne lui parle plus que de son anatomie et de son pouvoir durcissant sur la sienne. La faillite de langage et sa paresse se cristallisent bientôt avec la substitution d'images aux mots. Images analogiques bien sûr, rien d'intime, Alexis n'est pas fou, rappelle le journaliste sensible et engagé. Il est seulement dangereux. Les nombreux déplacements d'Alexis, que celui-ci commentait abondamment seront désormais signalés à Chloé par de simples clichés. Cascade, pic montagneux, bâton de ski planté dans la neige, building new-yorkais, et autres paysages simplistes dont les référents phalliques torturent la pauvre petite conversation galante que Chloé se tue à maintenir.

Puis le manque la dévore que dans sa confusion elle prend pour une intensification de l'état amoureux. Elle devient, de son propre aveu, collante, s'excuse de l'être mais émet toujours davantage de demandes. Elle qui n'avait jamais occupé la place de l'émetteur s'y trouve projetée sans mode d'emploi. Alors elle tâtonne. Elle en fait trop ou pas assez, et n'obtient pas grand-chose. Des *je te rappelle*, des *je ne pourrai pas*, des *si je pense à toi mais je lutte pour garder les yeux ouverts, on s'écrit demain matin.* Ce qui persiste d'amoureux dans certains des derniers messages d'Alexis, c'est pire que tout, c'est le monnayage de la déclaration amoureuse. Pourtant déjà offert, le verbe semble désormais indu, *je te dirai encore les mots interdits, les mots bleus, mais là je suis vide, je ne sais pas ce que j'ai, rien ne vient*, marivaude Alexis à l'écrit.

Et puis le classique de l'inexprimable comme contenu revient, mais retourné en exprimé, *tu crois qu'on s'aime encore ?* écrit-il un jour après quarante-huit heures de silence abandonniste subi par celle que sa langue avait totalement prise en charge. La cruauté des propos est de plus en plus évidente. Il n'est plus question de sentiments, les informations documentaires dominent. *J'ai une répétition à 13 au Français, je dois être à 20 heures chez les M. rue de Vaugirard, désolé, je t'appelle après.* Et puis les messages s'espacent. On ne sait plus où et avec qui Alexis va dîner.

Chloé, elle, ne dîne avec personne. Elle s'est coupée de tout le monde et sa mère lui pose trop de questions. Les messages s'espacent encore, ceux qui arrivent sont de plus en plus courts, le blanc gagne sur les mots. Alexis, dans sa cruelle maîtrise du discours, en investit le pire, le silence comme déclaration. Les siens disent lassitude, indifférence et occupations rivales. Il a donné et désormais il prive. Ce sont les enfants qui sont privés par les plus grands, vous savez bien. Il infantilise Chloé jusqu'à ce qu'il ne reste rien qu'une petite fille pantelante qui prie le téléphone de vibrer.

Chloé dominée puis vampirisée puis asservie par et dans le langage sombre dans la paranoïa qu'organise son absence.

Enfin, ultime privilège patriarcal, Alexis s'octroie le droit souverain de parler en dernier. En étant le premier à se taire.

La fille sombre, rompt les liens qui restaient à rompre. Sa mère, son école. Elle est malade, rétive à toute activité, elle relit les messages et en attend d'autres, elle imprime les trois mois d'échange et les annote, raye ses réponses en rouge, les corrige, les illustre, les entoure au stylo de motifs répétés, compulsifs, de plus en plus circulaires. Si Chloé écrit encore, Alexis ne donne plus de nouvelles depuis un mois. Mois au cours duquel interviennent de toute façon la disparition du comédien et la suppression de sa ligne téléphonique. La mère de Chloé découvre le volume intime et comme toute mère, le lit. C'est elle aussi qui signale le comportement d'Alexis à l'école, laquelle en réfère à la déléguée du ministère, qui voici exactement une semaine vient de subir l'affront d'une rupture définitive de la part d'Alexis, après un bref retour. Alexis dont elle est également sans nouvelles.

Dom Juan au XVIIe siècle est, selon l'anathème de Sganarelle, l'épouseur du genre humain. Aujourd'hui on épouse peu, les femmes ont gagné : les hommes ne leur doivent plus rien. Ni protection, ni mariage, ni argent, ni pardon, et le crime de Dom Juan s'est modifié avec la société qu'il parasite. Ce n'est plus d'épouser comme il respire, c'est seulement de détruire comme il parle, de prendre et de partir, conclut l'article qui n'est pas signé. Dans ce journal personne ne signe.

Pour connaître le motif du séjour de sa fille, Jean-Louis, un homme sans détour, avait demandé à Aurore, bichette est-ce que quelqu'un t'a fait du mal. Comme ça, à peine descendue du train, est-ce que quelqu'un t'a fait du mal. Elle n'avait pas dit oui, pas dit non. Il n'avait pas insisté. Peut-être Jean-Louis pensait-il interroger plus efficacement Cosma. Mais le petit ne dirait rien non plus, sa mère lui a demandé de mentir et c'est sa mère, alors il ment. Cosma avait tenu au préalable à vérifier une seule information : Alexis avait-il tué quelqu'un pour finir ?

– Non, avait fermement répondu Aurore.

Jean-Louis, dès lors qu'on est chez lui, parlons-en. Soixante et onze ans dont quarante-cinq au même endroit. Ici même. Il porte une veste en laine et pratique tous les arts en amateur, la guitare, le ménage, la cuisine, l'apiculture, la boulangerie, le jardinage, la peinture, l'italien et la transformation des déchets. Humble et réjouissante version de l'honnête homme, une fois abandonnées toutes les épithètes péteuses de la Renaissance. Pas savant, pas astronome, pas polyglotte, pas écrivain, pas ingénieur, pas grave. Il en va de sa présence comme d'un son. Il siffle dès l'aube des airs sixties, prétendant à l'occasion qu'il s'agit de Joan Baez. Ces hommes-là aiment prononcer ce nom, Joan Baez, ça les emmène quelque part de secret, dans une Californie. Jean-Louis passe l'aspirateur tous les jours, la tondeuse, et quand le soleil tombe il se joue quelques sempiternels accords sur la gratte, inlassablement, sûr que l'arthrose n'attaquera pas ses doigts tant qu'il saura s'accompagner sur des chants poètes dont il réinvente avec acharnement les parole. *Il n'y a pas d'amour heureux, n'oublions pas nos noms au terme du chemin*, ce qui n'est pas exactement de Brassens ni d'Aragon. Son pas feutre le parquet et quand Aurore n'entend plus rien, c'est qu'il dort.

Il n'existe pas d'amour qui n'ait son prototype dans l'enfance. Aussi, à voir Aurore en compagnie de Jean-Louis laver à 22 heures les assiettes du dîner, deux mains dans l'eau de vaisselle et deux qui essuient, on songe qu'elle a dû en chercher des comme lui. Cela n'avait pas dû l'aider à grandir comme adulte, c'est-à-dire à transformer le principe d'amour en principe de réalité. Pourtant il est comme tout le monde, Jean-Louis, fragile. Simplement plus calme, plus rompu. Après soixante et onze ans à mater l'angoisse de devoir être un homme, ça devient du velours. Aujourd'hui, disons depuis quelque temps, Aurore le voit enfin comme il fut. Tremblant d'incertitude masquée, ayant besoin de faire ce qu'on attendait de lui et d'alcool pour s'endormir, ayant douté de vouloir des enfants, de savoir élever des enfants, doutant encore d'avoir su. Elle aurait dû le regarder en face quand elle était gosse au lieu de l'imaginer comme elle le voyait d'en bas, puissant, territorial et laineux. Elle aurait pu lui demander, pourquoi tu pleures, caché dans la buanderie ? Pourquoi tu pars ? Pourquoi tu ne bouges pas quand ta femme te crie que c'est trop lourd, qu'elle va craquer ? Pourquoi tu ne parles pas ? Cessant enfin de siffler, il lui aurait avoué : parce que j'ai peur. Et elle, elle aurait gagné du temps. Enfin c'est du passé.

Ce soir, il dira entre deux assiettes, tiens tu as entendu pour cet acteur ? Elle dira oui, cet acteur, oui j'ai vu. Je l'aimais bien, regrettera Jean-Louis, tu sais dans la série policière, là, qui se passe dans la neige. Et de siffler quelque chose en *ré* qui doit en être le générique.

Il est allé se coucher, elle a rangé la vaisselle propre, elle a fait semblant de chercher quelque chose à lire. Comme s'il y avait trente-six textes à lire aujourd'hui. Comme si elle ne savait pas exactement sur quelle prose elle allait arriver.

Elle lit tout. Elle lit l'histoire qui finit mal de la gamine et du monstre sacré, elle lit ailleurs que, non content de s'afficher avec ses élèves, Zagner couchait avec des hommes autant qu'avec des femmes, avec les deux parfois. Elle relit deux fois l'analyse du discours amoureux. Elle n'est pas sûre de ce qu'elle ressent mais ce n'est pas le dégoût. Alors qu'elle devrait.

Elle cherche en elle de quoi s'écœurer, elle ne trouve que des fantasmes partagés, des érotiques du nombre où les hommes, les femmes et les caresses se multiplient sans scandale. Elle cherche en elle un fond de morale. Encore raté. Elle ne trouve que les années 1990 quand tout était possiblement rigolo. Et puis elle cherche en elle un endroit pour lutter, prendre parti contre Alexis. Elle ne trouve que les frères, les forêts, l'envie qu'on lui écrive des choses comme ça, comme dans le journal. Elle se cherche adversaire, elle se retrouve paresseuse et camarade. Elle pense c'est moi le problème à la fin.

Et puis elle cherche en elle de quoi prendre parti pour Chloé. Et là elle trouve quelque chose à contacter, quelque chose en elle qui n'attendait que ça. La jeune fille. Pas n'importe quelle jeune fille, l'outragée. Elle se trouve elle, un peu plus jeune que Chloé, lycéenne. Soudain elle se revoit tapie derrière le réfectoire d'un lycée à Limoges. Sa constante frayeur qui joue l'arrogance, assez mal, cernée, fumant des clopes sans avaler, les yeux dépassant à peine d'un amas confus de treillis, de foulard palestinien, de Dr. Martens, de khôl sans précaution et de jeans de l'aîné. Elle a dix-sept ans.

Elle se tue à ne pas entendre la sonnerie qui, toutes les heures, catastrophe le troupeau d'élèves.

Qu'est-ce qu'ils foutent là, ses dix-sept ans, elle n'avait rien demandé.

Aurore veut regarder ailleurs et respirer, elle s'arrache du canapé, sort de la maison comme d'un cauchemar, quand on se force au réveil. Mais dehors dans les rues, c'est pire. Les dix-sept ans lui sautent à la gueule, chaque rue qui l'a vue traîner sa peu prometteuse adolescence la reconnaît sans la vouloir. Tout semble dire encore elle, elle n'a pas évolué depuis la dernière fois, elle rasait les murs, elle rase les murs.

Rien ne change dans les villages, à croire qu'ils ne servent qu'à ça, témoigner des enfances pourries et des morts pour la France, des prénoms lambda gravés sur les monuments et des bancs d'école. Elle étouffe et pleure, des sanglots pénibles à entendre, un peu furieux, quand la douleur s'accompagne du ras-le-bol d'avoir mal.

Elle a marché dans la nuit, elle en avait besoin. Elle a dépassé la maison de son père, elle est arrivée en haut du bourg, vers les bois. Elle a marché près d'une demi-heure et s'est arrêtée devant un portail ouvragé, assez haut.

À cet instant, devant cette maison au portail, elle est toute petite. Elle voudrait pouvoir saisir une main, n'importe laquelle qui fût vivante.

De préférence celle d'Alexis. Dommage.

Ce qui conduit Aurore dans cette rue ne s'appelle pas le tourisme, ni le sentiment. À la rigueur appelons ça la mémoire et la spéléologie, si on peut concevoir la mémoire d'Aurore comme une descente à pic dans un corps caverneux, le sien, empilement de gamines écrasées l'une par l'autre durant quarante-cinq ans d'une vie commune. À dix-sept ans il s'est passé *quelque chose*, suite à quoi Aurore a décidé d'une marche à suivre une fois pour toutes. La honte a décidé pour elle. Une marche pas bien stable, un peu fatigante, qui n'était pas la bonne. Et il semble que ce *quelque chose* ait à voir avec le grand portail ouvragé.

La honte à dix-sept ans a toujours un prénom et le garçon s'appelle Antoine. La maison c'est la même, rien n'a changé. Pierre de taille, grilles lourdes et, dans un verger, des variétés méconnues. C'était pourtant le même ciel bas, la même terre dure que dans le bourg voisin. Mais des arbres du Sud croissaient autour des murs pour dire que non, pas exactement. Là ça méritait en plus un palmier-dattier. À l'intérieur s'étaient succédé les dirigeants propriétaires de l'usine de porcelaine puis, la porcelaine liquidée, les simples riches comme on l'est ici. Médecins, notaires, assureurs, parmi qui le père d'Antoine. Antoine était beau, il ressemblait à sa mère. Une femme sensible, habitée, qui lui a fait disait-on ce sang volcanique, ces yeux perdus. Du même gamin, trois rues plus bas dans la ville basse où renoncent les palmiers et s'enfilent les animaux sans race, on devait dire dit le gosse de l'alcoolo avec ses crises de nerfs, son regard pas franc. Enfin passons. Aurore habitait en bas, Antoine en haut, c'est tout ce qu'il faut savoir ici, de médiéval et d'éternel. Ne fréquentant pas le même lycée, Antoine dix-huit ans et Aurore dix-sept ans ne se croiseraient pas dans l'ordre silencieux d'une ville où chacun est à sa place, si l'ordre n'était dérangé par le train qui réunit les mondes. À 15 h 30, un mercredi, sur l'axe Limoges-Dijon, Aurore porte un lainage épais, blanc, un col roulé qu'inondent ses boucles brunes coupées au ras des épaules. Elle porte des chaussures lacées en cuir retourné contrefaisant efficacement celles d'Antoine, originales. Il la regarde.

Le mercredi suivant, l'après-midi, elle était chez lui. Vingt-cinq ans après elle peut dire de quelle fenêtre il s'agit, au premier à gauche, celle qui cette nuit est éclairée. Vingt-cinq ans plus tôt, elle se revoit pensive à cette fenêtre. Elle regarde le palmier-dattier et s'étonne à voix haute qu'il survive. Elle se retourne vers Antoine, il est à demi nu, d'une blancheur un peu verte qui troue la pièce. Il s'avance, lui retire son pull et rit d'elle, de sa raideur, on n'est pas chez le médecin, on ne va pas lui faire de mal, c'est même censé lui plaire, elle est censée participer, avec les lèvres au moins. Aurore ne sait plus de quoi on lui parle. Elle voudrait partir mais quelqu'un en elle n'en a jamais eu le droit, pas encore le courage. Elle l'embrasse, d'accord mais c'est tout. Non, ça non. Là, non.

Quarante minutes plus tard, Antoine lui apprend que personne ne s'attend à la trouver ici, qu'il faut se bouger, surtout si elle veut se doucher avant. La petite Aurore s'empresse, se lave à l'eau municipale qui devient rose et s'ordonne de trouver ça normal. Tout le monde prend tout le monde, c'est tout. Tout le monde, l'odeur du sang sur les mains, dit une connerie, va prendre une douche et repart.

Aurore n'a plus dix-sept ans mais c'est pareil. Le temps est un cercle fermé, tout se passe hier. Et comme c'était hier, qu'elle n'a pas grandi entre-temps, elle voudrait se jeter dans les bras de quelqu'un de plus haut, qui dirait je t'aime, moi je t'aime, ça va aller, oublie-moi cette petite ordure.

Le lendemain matin, Olivia sort de chez elle, à présent c'est chez elle, sans précaution, sans lunettes de soleil et pas spécialement pressée, en jean et blouson. Elle a changé. C'est toujours cette femme fine et métallique qui semble dessinée au stylo-feutre en trois dimensions, faite pour se déplacer sans déplacer d'air. Mais elle est après, cela saute aux yeux. Après Alexis. Tout dans sa démarche, ses mâchoires immobiles et ses cervicales verrouillées crie qu'elle ne tourne plus la tête. On les repère, les gens qui avancent.

Arrivée à l'angle de la rue de Grenelle, Olivia semble hésiter entre deux directions. Pas comme une touriste, pas comme entre passer chez Rykiel ou rentrer directement à l'hôtel. Elle hésite plus radicalement. Plutôt j'arrête ou je continue. Je le fais ou pas.

Elle est entrée. Elle a disparu à l'intérieur d'un immeuble. Ce même immeuble que Chloé a quitté quelques jours plus tôt, funestement décidée, tractant sa mère alors qu'en entrant c'était l'inverse. L'immeuble où le journal nécessaire occupe deux pièces.

Qu'Olivia frappe à cette porte relève clairement de l'accident de parcours. De naissance, Olivia observe la discrétion comme une religion et toute participation au trivial lui semble atteindre sa souveraineté de femme tableau. Du trivial relèvent les expressions suivantes : parler de soi à quelqu'un d'autre qu'un thérapeute, parler de soi à un thérapeute exerçant en rez-de-chaussée ou utilisant du papier d'Arménie, parler aussi fort que les femmes qui ont bu, boire du vin rouge, héler une connaissance, s'intéresser à la sexualité d'autrui ou évoquer la sienne de manière littérale, s'offusquer ouvertement de la conduite de l'un des siens, s'expliquer, afficher en public une émotion directement interprétable (contrariété, fatigue), afficher en public une passion directement interprétable (honte, amour), se vanter, supposer la fortune de qui que ce soit, utiliser une assiette dans un cocktail, parler d'argent à propos d'art, s'attarder quelque part, ne pas avouer ses lacunes, porter une bague au majeur, s'attarder visiblement quelque part auprès de quelqu'un.

Mais depuis hier soir Olivia fréquente les limites de ses propres dogmes. Elle a lu l'article consacré à la correspondance entre Alexis et Chloé, a apprécié, avec une grandissante sensation d'inconfort, la longueur des messages d'Alexis restitués, pour les plus passionnants, in extenso.

Rapidement, la sensation est devenue une vague. La vague est devenue acide, l'inondant de l'estomac à la bouche. Elle est alors allée ouvrir ce petit secrétaire dans sa chambre, celui qui fait un peu duchesse, en acajou marqueté. Dans une grosse enveloppe kraft, les lettres écrites par Alexis, deux par jour durant les premiers mois de leur relation. Elle et Alexis avaient donné un nom à ses épîtres rassemblées, en riant ils les appelaient « L'Œuvre ». Elle les avait relues souvent et puis moins.

Elle les a relues hier.

C'étaient les mêmes. Les déclarations, les thèmes et les analogies, les métaphores et les phrases de soldat qui se voulaient obscènes à l'époque, s'ignorant préparer pour plus tard une forme autrement plus parfaite de l'obscène.

Les mêmes.

Imaginez-la. Olivia vacille, une main sur les lèvres. Elle commence à changer, ça tord les tripes, c'est normal. Bientôt elle va gueuler, pleuvoir des imprécations, envoyer valser les choses inertes. Elle compare compulsivement les SMS restitués dans l'article et les paragraphes à l'encre bleue délavée, elle espère encore se tromper. Elle joue aux sept erreurs entre *Olivia tu m'illumines, tu es mon humanité, c'est une charge d'être l'humanité de quelqu'un* et *Chloé je retrouve avec toi mon humanité. Tu comprends que je ne pourrai plus être personne sans toi.* Olivia découvre le discours amoureux à l'heure de sa reproductibilité mécanique, industrie culturelle comme une autre, qui partant du choc, de l'aveu, bref d'une origine se dégrade, de décennie en décennie et jusqu'à l'épuisement, dans la série des énoncés désormais jetables. En gros elle découvre que les anges de Raphaël sur des housses de couette, les suites de Bach remastérisées en sonneries téléphoniques c'est aussi pour sa gueule. Elle découvre qu'elle aimait encore en Alexis quelque chose, une chose qu'elle avait faite sienne et qui soudain n'existait plus. L'Œuvre.

Qui n'a jamais vraiment existé, Olivia. Attends de lire la presse demain. Tape ton nom d'avant, Zagner, dans un moteur de recherche. Tu verras qu'à la suite de la petite étude du journaliste éveillé travaillant pour le journal concerné, une demi-douzaine de femmes ont exhumé de leur passé sentimental des correspondances qui n'étaient pas des contrefaçons. Des correspondances avec Alexis. Identiques. Ça t'étonne, ça devrait pas. Pourquoi les femmes cesseraient d'archiver les mots dès lors que le support a changé ? Elles auront besoin comme leur mère de dire à leurs filles regarde, moi aussi j'étais belle. Moi aussi on m'a voulue et même plus. Écoute ce qu'on m'écrivait.

Olivia a évalué le coût, le coût pour elle de transgresser ses propres règles comportementales. Et le coût pour elle de se taire encore, et de continuer comme d'habitude, balader dans Paris ses ensembles graphiques en laine froide, son invariable demi-sourire qui demi-ferme ses yeux minces. Ou faire enfin comme tout le monde. Réveiller le fond plouc, la vieille colère fongique, le cimetière qui l'intoxique depuis dix-huit ans sans bruit et sans odeur. Plantée dans le salon, elle a balancé un œuf en jade dans une glace – parce qu'en plus cet enculé stérile lui offrait un œuf par an. Elle a prononcé des injures tour à tour créatives, littéraires et d'une crasse inouïe. Enfin cela puait, il était temps.

Tout ceci soit dit pour justifier la présence d'Olivia à la rédaction sise rue de Rennes, ses lettres fourrées dans le sac Saint Laurent, l'information en or qu'elle donnera dans dix minutes au jeune journaliste engagé travaillant pour le journal combatif. Il est plongé depuis la veille dans le courrier des ex d'Alexis Zagner, soulagé de tout son être à l'idée d'en faire toujours plus. C'est formidable tout ça, on va pouvoir faire une série, on n'a pas fini de s'amuser. Et surtout de faire passer le goût amer de médicaments qui accompagne le souvenir de Chloé.

Au fait, se souviendra Olivia en quittant la pièce après l'entretien. Il m'a appelée hier. Il est bien dans le quart sud-ouest je ne sais pas où, mais j'ai un numéro en 05.

Il en était sûr, le journaliste. Ils appellent toujours, à un moment ou un autre.

Vous devriez vous débrouiller pour trouver l'adresse qui va avec ?

Évidemment.

« Dom Alexis ou la destruction sans l'imagination. » Sous ce titre conceptuel on continue dès le lendemain à suivre le démantèlement de Dom Juan. Grâce à Alexis, cas d'école, Dom Juan exploité par la culture populaire mais méprisé par les sciences humaines devient l'objet qu'il promettait de devenir en s'effondrant. Sur la base d'un matériau inespéré, des décennies de blabla (déclarations, messages de rupture, repentirs, offres de services), on dénonce chez lui un discours incitatif foisonnant de concepts et d'idéologies qu'il faut enfin savoir décoder. Car à partir du moment où l'on suppose l'intentionnalité du langage, on doit supposer sa volonté d'influence et de destruction. Sa violence en somme. L'innocence de Dom Juan, thèse débattue depuis deux cents ans, sera dans le journal déclarée irrecevable. Torché en vingt-quatre heures, le travail est pourtant conséquent, qui, s'appuyant sur trente ans de correspondance amoureuse tous azimuts, prétend repérer les figures rhétoriques auxquelles le langage a recours pour signer son propre abus. On va enfin connaître les armes de l'ennemi, promet le rédacteur surinvesti.

Alexis abuse de la comparaison avec 567 occurrences. *Ton sexe est un temple qui n'accueille que moi.* La métaphore filée du végétal pour 545 occurrences. *Hier ton orchidée s'est ouverte à se déchirer, c'est moi qui l'ai saccagée, arrosée, j'espère que tu n'as pas mal, ma fleur, tout à l'heure je lécherai tes pétales un à un.* Ou la métaphore volcanique pour dire grosso modo la même chose. *Ce soir dans ton ventre bouillant je plongerai ma main, tu jouiras sur mon poignet, ça ruissellera, brûlant.* La personnification avec citation rimbaldienne (*asseoir la beauté sur mes genoux et me branler entre ses seins*) pour 78 occurrences identifiées dans l'ensemble des correspondances confiées à la rédaction. Aucune allégorie, sinon une seule, du masculin protecteur. *Je sais que tu as peur de moi, je te prendrai par la main, je t'apprendrai à être plus libre, je l'apprendrai à ton corps, c'est mon rôle.* L'image beaucoup trop, 678 occurrences, et même franchement le cliché. *J'ai un monstre dans la bite, il tape, il grogne il devient fou, viens.* La métonymie pour 453 occurrences. *Je veux passer la nuit sous ta peau.* La périphrase en pagaille ventilant toutes les façons d'évoquer son sexe qui nous fatiguent d'avance, qu'on va s'épargner. L'antonomase raclant le fond du répertoire dramaturgique dont on remarquera qu'elle ne désigne que des victimes. Mon Ophélie, ma Chimène, mon Elvire. Ou des travestis. Mon chevalier d'Éon. Pour 675 occurrences. L'hyperbole à propos de son membre : *je t'attends, je suis énorme*. La gradation, utilisée en 543 occurrences et presque à chacun de ses déplacements en tournée, dans le cadre des relations à distance. *Caresse-toi, doucement, plus fort, plus appuyé, plus vite, jouis, dis-moi que tu jouis, crie mon prénom*. De rares litotes, la mesure n'étant pas le genre d'Alexis : *je ne suis pas très bien* pour dire j'en ai plus rien à foutre, *je suis un peu fatigué* pour dire j'ai tellement mieux à faire. L'oxymore non, le paradoxe non plus, ainsi que toutes les figures un peu intellectuelles, chiasme, zeugma et autres anacoluthes qu'il ne faut connaître que pour le bac. Rien qui stimule autre chose que l'instinct chez les destinataires, conclut le journaliste, à bloc.

Quelques euphémismes : *je suis vilain, je suis un gamin, j'ai quinze ans*, visant à se faire pardonner sa cruauté, à normaliser ses débordements en réclamant le label de l'enfance. Beaucoup d'ellipses mais ça ne compte pas vraiment, c'est selon le support, d'écrire avec le téléphone ou d'écrire vite. De constantes prétéritions : *je ne vais pas te redire qu'aujourd'hui comme hier je me suis branlé cinq fois, tu me prendrais pour un gosse*. Énormément d'astéismes à travers lesquels le Dom complimente en jouant le blâme. *Ton parfum est une torture, tu m'envahis et tu m'accompagnes jusque sur scène, tu n'as pas honte de confisquer Richard III pour toi toute seule* (ou Hector ou Hamlet, ou Armand Letailleur, détective sur France Télévisions).

Et bêtement le mensonge : *je t'aime*. Et la répétition : *je t'aime, je t'aime.*

Non ce n'est pas terminé. La rhétorique n'est pas que figures. Elle est aussi registres, musique et rails argumentatifs. Sans surprise Alexis multiplie les arguments d'autorité et d'expérience. *Je sais ce qu'il te faut* et *je sais ce que tu aimes* ou *lis-moi ça,* imposant l'idée d'une domination de fait. Aucune rationalité, rien pour stimuler l'esprit critique, ce qui revient à le nier. Pour seuls hymnes les champs lexicaux du corps, du désir, de l'organique en général. Aucun raisonnement sinon analogique – je t'aime donc tu m'aimes – qui abolit la distance.

Et puis, expression même des discours fascistes, Alexis s'imagine toujours un destin commun, à court ou moyen terme. Il y aura des enfants, une entreprise commune, des pièces écrites, montées et jouées ensemble. Or décréter l'être ensemble quand on ne vous a rien demandé, c'est réduire la distance entre l'ego et l'alter, c'est toujours nier l'autre, s'emporte le rédacteur. Et si on cherche à éliminer la distance, c'est bien qu'il y a conflit. Que l'on n'est pas si proche. Désirer la fusion avec l'autre c'est désirer la garantie de sa sécurité dans l'unité, c'est l'endormir, l'autre.

C'est terminé ? Si seulement.

On relève non sans effroi un abus du registre du fantastique. Alexis se figure en créature, en héros intergalactique ou plus classiquement tirée de la mythologie grecque : *je me pensais Achille et voici qu'avec toi c'est Ulysse qui me tente, le repos de tes bras dans quelque Ithaque*. Il abuse en outre du tragico-lyrique, cet odieux registre qui prostitue les émotions pour les partager à tout prix. Il abuse de l'érotique. Production constante de l'imaginaire, assène l'article, abolition du raisonnement. Et qui, depuis des siècles, à chaque endroit où doit triompher une tyrannie, transforme la raison en imagination par des images enivrantes, qui ? Enfin quoi ? La propagande. Zagner s'inscrit exemplairement dans le pire des héritages du XXe siècle. Raisonnement abusif ? anticipe le rédacteur. Absolument pas. La propagande ne vise à rien d'autre qu'à l'inoculation du sentiment d'attachement. La propagande, ici, c'est la diffusion systématique d'un message amoureux dans le but de se promouvoir soi-même comme doctrine, pour un intérêt personnel séparé du bien d'autrui. Et dans cette dernière notion l'emprise et l'abus sont enfin caractérisés, triomphe l'étude.

Enfin, miracle de la science linguistique, toutes les préférences d'Alexis peuvent être déduites de cette analyse. La sodomie et l'onanisme notamment, grâce aux illustrations qui constellent la part illustrée de sa correspondance. Toutes les photographies envoyées par Alexis évoquent caricaturalement la puissance masculine : torrents, montagnes, interminables tours, et même, de passage à Brême, un clocher à bulbe. On déduit ses névroses. Hystérie dès lors qu'il se confond avec ses rôles, déformant assez souvent à son compte des tirades de *Lorenzaccio. Suis-je un Satan ? Crois-moi j'aurais pleuré avec la première fille que j'ai séduite, si elle ne s'était mise à rire.* Satirisme évidemment, facile, il ne parle que de ça. Narcissisme criant dans l'obsession de soi, de son plaisir, dans le ressassement du « je ». Perversion narcissique dans le ressassement du jeu. Fétichisme des cavités : on repère 786 mentions des yeux, de la gorge et de l'anus. Bisexualité, dès lors qu'il affiche ainsi une passion pour la verge. Les femmes ne seraient alors que le vecteur asservi d'un non-dit et d'une affection menteuse ? Acrobatique hypothèse homosexuelle bientôt confirmée dans le bon salon au bon moment par une Olivia qu'on n'arrête plus.

« Dom Alexis ou la destruction sans l'imagination » fera des petits. D'articles en reportages, d'analyses amateurs en interventions de spécialistes du discours, de colloques virtuels où l'on exhume en vrac Roland Barthes et l'école de Francfort, en rénovation du bourdieusien projet de comprendre ce que parler veut dire, balbutie une sous-discipline qui serait la sémantique des ravisseurs. Des étudiants en sciences de l'information raturent leur sujet de mémoire de master, recueillant des sextos dans toute la fac pour les rassembler en corpus.

Mais aussi des gens qui s'en foutent, heureusement. Des gens pour penser comme d'habitude, toujours pareil, schizophrénie ordinaire de la pseudo-démocratie, toujours la puissance du langage à la fois désespérément voulue et systématiquement dénoncée, partout des feux allumés sous la langue, des discours effrayés pour interdire des discours devenus effrayants, comme d'habitude. Des gens pour dire foutez-nous la paix, trouvez-nous plutôt de l'essence. Des gens pour engueuler ces gens-là, pour rivaliser de conceptions de la liberté dans un pays qui peut se le permettre. Et des gens pour s'étonner que le discours pseudo-amoureux ne soit pas plus clairement justiciable. C'est une pratique criminelle de toute évidence que parler d'amour, quelqu'un est mort bordel. On devrait pouvoir porter plainte pour agression.

Ça viendra.

Le seul qui puisse porter plainte pour le moment c'est Alexis, contre le journal, pour violation du secret de la correspondance ou atteinte à la vie privée. Cependant doté d'une rudimentaire culture juridique Alexis doit savoir que la presse, dès l'instant où le procureur a été saisi, a le droit pour elle. Celui d'informer sur une affaire en cours, de faire connaître les éléments du dossier. Il doit le savoir sinon rien n'explique qu'il ne se rue pas chez un avocat.

Rien sauf à s'accrocher encore au point de vue du western : c'est le divorce d'avec la loi dominante qui projette les héros dans leur destin. Le jeu du western ne s'établit qu'en opposition aux règles de la cité. Et à cette initiale et décisive rupture d'attache, ils sont pour la plupart fidèles jusqu'à la mort. Ce qui fait de l'Ouest l'instrument même de leur destruction.

D'ici là, dans la nuit numérique on propose courageusement de faire taire Alexis en employant les grands moyens. On dit qu'il est sur le causse de Cajarc, on va trouver son adresse. On pourrait le débusquer dans son trou, lui trancher la carotide.

Qui ça on ?

On.

Aurore est restée dans sa chambre presque toute la journée, épuisée par sa randonnée de la veille à travers la nuit des temps. Il a fallu lui monter son dîner sur un plateau, madame, elle n'y a pas touché. Vingt-quatre heures qu'elle est allongée dans son lit tout habillée. Rien d'extraordinaire après tout, elle vient de ravoir dix-sept ans. Et auprès du lit, sur le chevet, siège à titre décoratif un téléphone à cadran, un cadran rond à alvéoles qui nous enfonce davantage dans les années 1990. Ne manque plus qu'un poster d'Indochine.

Se saisissant de l'antiquité, histoire de secouer mais pas trop sa léthargie, elle place son index dans le 0 du cadran. Comme ça, pour jouer, sentir la petite bague en plastique comprimer la première phalange, pour le son, juste pour le son de la roue et le léger *ding* quand on le lâche pour saisir un autre chiffre, le 5 par exemple. Et ainsi de suite, en chemise de nuit, Aurore joue à entendre les années 1980. À partir de 1986 ce furent des téléphones à touches. 76 87 98 9, encore une fois avant de tenter de dormir, ce n'est pas comme si elle fonctionnait, cette antiquité.

Alexis ne prononce pas allô mais elle reconnaît son souffle.
— C'est moi, dit-elle.

Elle a, dit-elle, composé par distraction le numéro de chez elle, enfin de la maison. Elle ne l'appelait pas, non, enfin si manifestement. Et que fait-on maintenant, chacun de son côté de la ligne analogique que plus personne n'utilise sinon pour vendre des caisses de bordeaux ou des assurances vie ? On parle, normalement. Elle s'allonge, allonge le combiné en bakélite sur l'oreiller, le maintient contre sa joue de sa main en coquille et attend qu'on lui parle.
— Vous ne m'aviez pas dit adieu, Aurore ?
Si. Mais entre-temps elle a eu l'occasion de se confronter à sa question.
— Laquelle ?
Pourquoi si peu, pourquoi la petite maison au bord du petit chemin. Sa question à lui à propos de ses limites à elle. Elle a réfléchi. Enfin ce n'est pas exactement une réflexion, plutôt une mémoire reprise en pleine face au gré d'un court et pénible voyage dans son histoire. Elle va lui dire puisque c'est parler aux esprits, puisqu'il est mort. Elle sait pourquoi elle ne danse pas, pourquoi douze kilomètres, qui plus est à vélo, les ronds dans la pelouse

et cette paresse pour le lointain. Elle sait pourquoi et c'est tout bête. J'ai été violée, dit-elle.

Voilà ça va déjà mieux.

Et ça mérite d'être raconté à la première personne.

Violée une fois, la première. Volée serait plus juste. Le larcin ce n'était pas ma virginité, je priais qu'on me la prenne, même n'importe comment. J'avais déjà un appareil dentaire, des petits seins, alors me traîner un hymen qui finirait par se voir presque autant c'était non. Le larcin ce n'est pas la chair. C'est l'idée que j'avais de moi, celle d'être égale. Avant je courais dans les bois, je skiais comme eux, je mettais moi aussi des claques et je savais dire non. Nous étions les mêmes animaux. Mes frères me l'enseignaient et réciproquement. Faux, arnaque.

Le premier sexe pour moi s'appelait Antoine. J'ai dit non et je lui ai tiré les cheveux. Il me disait si, tu vas adorer. Il était lourd, obsédé non par moi mais par la brièveté de son érection qu'il fallait accomplir dans l'espace de trente secondes. Il pouvait supporter trente secondes de traction capillaire, qu'il ne sentait pas, des « non » qu'il n'entendait pas, toute son âme ordinaire concentrée vers le bas. Je le vois encore, mon camarade de jeu qui m'écrasait les hanches, pris dans ce frénétique et ridicule sursaut. Je l'ai revu hier.

À six cents kilomètres Alexis ne va pas l'interrompre. Il sait qu'elle parle moins à lui qu'à la lycéenne, qu'il sert à ça et il veut bien puisqu'il n'est plus personne. Il n'attendait rien de sa défaite, et voici qu'il est utile. Il laisse se poursuivre un silence crépitant, un silence des années 1990. Il attend la suite.

Tout va bien, le sang ça s'essuie, j'ai pris la pilule, je pouvais baiser et je l'ai fait. Je n'ai pas pu l'empêcher parce qu'il était plus fort et moi je n'avais que la parole. J'ai appris par lui que j'étais moins, je m'étais trompée depuis le début. Et la moindre de mes cellules l'avait senti, mon corps entier en était à présent informé. J'ai gardé l'empreinte du poids de ce pauvre type tatoué dans mes tissus. J'aurais pu lutter contre une religion, une théorie, mais pas contre mon propre corps, je suis comme tout le monde, un animal. Je n'en ai parlé à personne et j'ai tout fait *comme les filles*, j'ai rasé les murs. L'ampleur de mes mouvements réduite, mon rire retenu, ma voix éteinte, j'allais désormais parmi les fragiles, qui dans les lycées se divisent en deux clans, les moches et les gracieuses – quelques critères anatomiques me prédestinaient au second clan, pour peu que je sache en forcer le trait. *Comme les filles*. Des gestes sans ampleur, mon écriture tenue entre les lignes du cahier, les capitales domptées, des ambitions faciles, à portée d'ongles et mon corps aminci, toujours plus. Des hommes autour de moi, toujours grands. Et la nuit les premiers rêves de double prise, de piège, un devant, un derrière. Et personne n'a rien su de la délirante certitude de genre qui ruinait mon destin, heure par heure, personne. À ce point convaincue que je suis parvenue à être heureuse avec, j'ai raffiné comme un minéral précieux mon instinct de préservation, j'ai tout évité des coups, les pièges, les rendez-vous puants, les abrutis et surtout les inutiles. Ce qui m'a naturellement conduite vers le confort. Mais je ne savais pas grand-chose de la liberté.

— Et vers l'élu ? dit-il parce qu'il suit.

Parce qu'il n'a que ça à faire, parce qu'il ne veut pas qu'elle se taise, jamais. Il s'intéresse à quelqu'un d'autre que lui, et ça le brûle à des endroits du crâne et du thorax dont il ignorait l'existence.

Exactement, vers lui. J'avais besoin d'un homme pour la plus ancienne des raisons : sa force. Je les choisissais grands, adaptables et rusés, j'érotisais le cou large, les attaches noueuses et le cerveau gauche. J'ai parfois pris les hommes des autres, pour peu qu'ils soient grands et pas trop cons. J'avais bien plus de peur que de morale. Mais ils n'avaient rien à m'apprendre. Ils étaient lourds et déjà fatigués du rêve que les femmes leur font porter. Un jour, les illusions quant à leur résistance, leur culture, leur élégance, tout est tombé doucement, sans fracas, comme des bandes de papier peint mal fixées, des affiches qu'on décolle dans un appartement que l'on quitte. Depuis je ne vais pas trop mal. Mais quant à l'espace à prendre, vous avez raison, c'est mort.

À présent elle ne dit plus rien, sinon que la température en ville, même le soir, ne baisse pas. Puis elle lui a demandé de ne pas raccrocher. Il ne raccrocherait pour rien au monde. Pas même une amnistie et le retour en tête du classement général.

Elle lui demande de dire quelque chose, n'importe quoi. Elle veut que sa voix l'atteigne, il a compris. Il dit n'importe quoi tandis que ses mains à elle apaisent son sexe tourmenté par les mémoires de guerre.

De son côté de la ligne à haute tension il ferme les yeux. Il écoute son souffle et sait d'où il monte. Il lui demande tout doucement de continuer, il ne dit pas continuer quoi, ce serait trop. Il dit je reste là, imagine que c'est moi de nouveau qui t'endors.

Il l'écoutera gémir, se tenant immobile dans l'ombre qui occupe avec lui la bergerie. Il n'a pas allumé une lampe depuis deux jours, n'est pas sorti, il s'entraîne à l'invisible. Aussi peut-il à l'instant, tandis qu'Aurore raccroche sans un mot, observer une lueur blanche. Une lueur sphérique qui balayant le chemin semble longer la maison et suivre les contours de la propriété.

Dehors, la lueur à l'affût ne faiblit pas. Elle n'approche pas non plus.

La police ? Possible. La plainte aura donné lieu à l'ouverture d'une enquête. Mais la police a des manières, des horaires de fonctionnaires, elle vous saisit le matin. À cette heure de la nuit, la police elle dort. Tablons sur justicier free-lance agitant un smartphone, un vidéaste enquêteur, auteur d'un montage à sensation bientôt hébergé sur un site d'information qui donne aussi des recettes de muffins. Ou carrément un assassin. Alexis imagine un représentant de « on », « on » qui prétendait l'égorger.

Alors ça, ça l'excite.

Non qu'on vienne le buter mais de changer de rôle. Il serait dorénavant l'Indien du western, celui qu'on abat sans remords et sans joie au nom d'une morale provisoirement partagée qui ne s'appelle plus la peur. Bougez pas, il arrive.

Alexis descend au goulot l'un des machins distillés d'Aurore, soixante millilitres d'un coup d'un breuvage titrant quarante-cinq degrés, donc plus. Il réfléchit une minute, échoue, pète le flacon vide au bord de la pierre à eau, esquinte l'émail mais pas la bouteille, recommence. Bientôt, le cul de bouteille à la main, il sort de la baraque, marche vers le GR d'un pas curieux, entre vindicatif et chaloupé. Tu veux la peau d'Alexis Zagner, viens la prendre.

La lumière diminue, disons recule à mesure qu'il avance. Forcément, on est un pleutre. Lui Alexis il avance car, au fond, il veut bien mourir. C'est le moment de le cueillir, ce ne sont pas là des résolutions assez saines pour tenir toute la nuit. Mais arrête-toi, putain, avec ta lampe, montre-nous ta tronche inévitablement masquée.

La lumière recule et, du chemin, l'emmène vers le bois pour se stabiliser enfin. De ronde, la lumière s'allonge, change de texture et d'un coup c'est davantage une vapeur, trouant le noir comme une meurtrière. Alexis distingue bientôt une forme longue et oscillante, sans bras ni bouche. Une forme qu'il pourrait reconnaître les yeux fermés. D'ailleurs ils le sont.

Chloé. Enfin une expression de Chloé. Chloé, fidèle à elle-même en fantôme, née pour apparaître et bouleverser. Alexis hésite à risquer une pensée intérieure, à vérifier le battement de son cœur, de toute façon il ne sait plus où est sa gauche. Il ne doute pas de ce qu'il voit. Il devrait. Il est peu probable qu'à peine libéré du fardeau de l'existence, on songe à promener son corps éthérique sur le chemin de Compostelle. Enfin j'en sais rien.

— Qu'est-ce que tu veux ? émet-il pâteusement.

La lueur s'évanouit, lui aussi.

L'aube le réveille à 5 heures.

Il pense qu'il devient dingue. C'est normal. C'est cet endroit. S'il y reste, il y passe.

Il a appelé le lendemain dans la matinée pour prononcer d'une voix différente cinq phrases qui font à Aurore l'effet d'une foreuse dans la tempe. Le poids du combiné en bakélite plaqué contre sa veine temporale joue bien sûr dans cette sensation mais peu. Un, il avait fait ce qu'il fallait pour annuler l'acte de propriété, rédigé de toute façon dans un autre monde. Il n'exigerait rien en retour. Deux, elle était à nouveau chez elle et pardon pour le dérangement. Trois, il n'allait pas tarder à être convoqué par la police, peut-être l'était-il déjà, auquel cas on se saisirait de sa personne pour la placer en garde à vue et il ne souhaitait pas être saisi, encore moins chez Aurore. Quatre, il était de toute façon traqué : d'étranges pèlerins sans sac ni bâton, des pèlerins qui n'en étaient pas passaient toutes les heures depuis la veille sur ce segment pourtant si peu fréquenté du GR 65. Ils ne demandaient pas à boire comme les marcheurs, ils ne marchaient pas, ils mataient. Bref, l'adresse avait circulé et il aurait quitté la maison mercredi, ayant laissé les clés sous le pot d'étain de la terrasse. Cinq. À cinq Aurore n'écoute plus, elle dit comme ça lui vient qu'il n'a pas le droit. Pas comme ça.

Mais les droits qui lui restent à l'heure actuelle se déclinent en boire, manger, disparaître alors il y tient. Il va devoir trouver quelque chose, un juste milieu entre deux fois l'impossible. Entre faire face et vivre dans un grenier.

Aurore cherche quelque chose à dire. Comme Alexis n'entend rien, il estime que la conversation est terminée, il faudrait raccrocher. Encore un sport dans lequel il n'était pas mal classé, raccrocher poliment à la gueule des seconds rôles au milieu d'une phrase. Mais là raccrocher ce serait pour lui manquer d'air, c'est drôle. Encore une seconde, encore deux. Au revoir, Aurore, disons adieu.

Elle a « tourné en rond » et s'est « pris la tête » ne sont des formules recevables que dans la mesure où ces gestes seraient avérés, ce qui est rare. Mais Aurore a vraiment dessiné en marchant de plus en plus vite des cercles sur le plancher, puis s'est assise, tête reposant au creux d'une main, dans l'expression de la plus grande consternation, avant de reprendre la rotation au sol. Tandis qu'elle tourne, elle ne sait pas à la minute ce qu'elle fera la minute d'après. Au rez-de-chaussée, sous le lustre qui balance, Jean-Louis a pensé elle va finir par nous décrocher le plafonnier, espérant qu'elle trouve rapidement ce qu'elle cherche. Les pas s'arrêtent, elle a trouvé. Emprunter la voiture de Papa.

— Papa !

Que sa rêveuse, son insomniaque de fille possède le permis, même un permis sous verre, Jean-Louis n'a jamais aimé l'idée, terrifié de l'imaginer sur n'importe quelle route avec un excité du compteur arrivant en sens inverse ou simplement un platane. Une idée on peut vivre avec. Mais que l'hypothèse s'incarne pendant six cents kilomètres et en plus dans sa bagnole, non. Elle n'a pas conduit aussi longtemps depuis… depuis jamais. Non, décidément, prends le train Aurore, regarde-toi, tu me fais peur. Bon d'accord mais le petit reste avec moi. Encore dix minutes consacrées au code de la route et au boîtier automatique et puis elle est partie.

Si le western est un genre, c'est le féminin. Il articule en un seul trajet l'idée du destin, l'idée du tragique de la condition humaine à celle de la plus fascinante liberté. C'est quoi, tout ça en une seule forme, sinon une femme.

Au début, sur les premiers kilomètres de l'autoroute A10, elle était timide, elle allait trop lentement, autour on lui faisait des signes, après elle allait trop vite. À présent elle tente d'accorder son rythme cardiaque à une vitesse de croisière, entre quatre-vingt-dix et cent, bientôt elle pourrait mettre le coude à la portière. Voilà, ce n'est pas si compliqué prendre du champ, laisser l'enfant-roi diminuer dans le rétroviseur pour une fois.

On la retrouve après l'échangeur de Limoges, stationnée sur la bande d'arrêt d'urgence.

Elle venait de sentir, plus vivement que n'importe quand ces derniers jours, passer dans ses veines une brûlure qu'elle connaissait trop, qui appelait tout le corps au soulèvement. Elle a pensé qu'elle ne voulait plus. Plus de cette faim qui étouffe l'estomac et le ferme, ce frémissement interminable qui ne meurt en soi qu'avec la fin de l'amour et des perspectives, après quels ravages en proportion de quel frisson. Ces choses supportables à l'adolescence quand on a une vie pour les mener, les répéter et s'en déprendre. Non, terminé. Et pourtant l'usine amoureuse, fabrique du manque et de la frustration, l'emporte-pièce, elle la sentait se remonter en elle, vis après vis. Alors ? Se laisser ravir par un souffle dont elle sait qu'il vous fracassera contre un mur un jour ou l'autre, ou faire demi-tour.

Elle a pensé sérieusement au demi-tour.

Chez les amoureuses, c'est la différence entre une femme et une femme abîmée. La seconde, l'abîmée, peut vraiment se retourner, même là, sacrifier l'idée qui vient, le temps d'une brève marche arrière, braquer vers Paris, avec le risque d'y rester et de faire des morts sur l'autoroute.

La vitesse des camions sur sa gauche, aspirant la tôle de sa trop petite voiture, semble vouloir imposer à Aurore une démonstration. Comme un pressentiment aux bonnes raisons d'avoir peur. Mais elle repart, la peur avec elle, le cœur dans le ventre. Elle pense tu vas où ma fille, à qui appartient ce moteur à la fin. Elle ne trouvera pas, ni maintenant ni dans cent kilomètres, les mots pour faire droit à cette transperçante frayeur. Elle n'a pas peur de l'amour, ce n'est pas ça. Elle a peur de ces amours-là, les incertaines, les compliquées, les amours qu'on voue aux fuyants, aux déjà lourds d'une vie d'erreurs. Elle a peur de porter un amour comme on porte un cancer, voilà. Elle n'est pas de taille, elle manque de fer et d'endurance, elle manque surtout d'illusions dans sa capacité à refaire, à recommencer. Elle a déjà vu des filles grosses de ces amours-là, des hommes aussi, encombrés, bouffés dedans. Leurs visages comme retournés vers l'intérieur, coutures apparentes, et cet air qu'ils ont d'attendre quelque chose pour commencer à vivre.

Elle ignore que cet air-là lui dévorait la face en plein jour. Jean-Louis y pense encore. Mais sur qui elle a bien pu tomber, son Aurore, à son âge, dans ce trou.

Bien sûr qu'elle arrive à temps. La grammaire du western prévoit des *cliffhangers*, instants de suspension au bord du vide, pour vous offrir juste après un petit soulagement général ou la beauté d'une chute. Ce sera alors avec un temps d'obturation très long, que l'on ne rate rien des vibrations des corps dans l'air.

Il a changé, Alexis, en quelques jours. Ces traits, curieusement tannés pour un type supposé se cacher, plongent davantage vers le bas, comme décidés aux rides verticales des cavaliers usés par les voyages de plaine. Ses yeux sont à la fois plus minces et plus lumineux. Il a maigri, ne se rase plus, dans la peau de celui qu'il s'oblige à jouer. Aurore le trouve très beau. Il pose une question sur la voiture de marque française, mais c'est pavlovien. C'est histoire de dire un truc recevable sans prendre aucun risque, un lieu commun est déjà reçu, un lieu commun c'est bien, c'est moins qu'un silence. Il dit c'est petit mais ça tient la route; elle dit oui.

Il ajoute diesel et automatique. Il dit n'importe quoi à propos de la conduite automatique pour contenir sa stupeur, empêcher sa joie de sortir trop vite, on ne sait jamais sous quelle forme. Et puis leurs lèvres qui se surprennent davantage qu'elles ne s'unissent. Ce n'est pas un baiser mais une réaction, un soulagement. Sans dire que c'est raté, disons que c'était trop court, les mâchoires n'ont pas lâché une seconde. Il faudra recommencer.

J'espère qu'à cet instant elle, elle lui a dit la vérité. Pas ce qu'elle pense, ça elle n'en sait rien, mais au moins comme ça vient. Par exemple, j'ai envie de pleurer tant vous me plaisez. Je voudrais m'approcher et je suis tout près, j'ai déjà connu ça, rester devant quelqu'un qu'on pourrait toucher tandis que l'on sèche. Je ne sais pas quoi faire. Je ne suis pas certaine de vouloir à nouveau, tu sais ce tremblement, cette fièvre qui tente de ne pas en être une, à quoi ça sert. Et puis merde je vais encore dire je t'aime avant tout le monde. Reste, je vous laisserai partir quand vous voulez, allez-vous dire non ? Qui est désormais assez riche pour dire non ? J'aime tout de vous sans excepter que tu t'en ailles un jour sans m'embrasser, sans excepter tes mains dans le dos, tes yeux au sol, tes secrets, votre laideur. Un chant en moi, un rêve je ne sais plus quand t'a appelé par ton prénom et tu te retournais.

Ils tiendront dix-sept heures entre le retour d'Aurore et le départ d'Alexis, dix-sept heures dont huit à se parler, à ne faire l'amour qu'à l'oral. Essayer leur voix sur la peau de l'autre, en étudier la glisse, en apprécier les irritations. Quand il dit Aurore il traîne sur le *au* et efface un peu les *r*. Elle, elle dit Alexis en prononçant le *s* final, la langue relevée, et il aime ça, les *s* en trop qui sont les siens qui sifflent sous sa tête. Dix-sept heures c'est déjà une vie, elle pourrait s'arrêter là. Dans les westerns, les dialogues comptent davantage que les fusils.

Mais qu'est-ce qu'elle veut, Aurore, qu'est-ce qu'elle attend. Toujours la même chose, qu'on lui raconte le reste, à l'Ouest on vit d'air et de légendes. Aurore est comme tout le monde, foule sentimentale. Quand elle fait l'amour c'est avec une histoire d'abord. Un homme sans histoires, c'est de la viande ou du sport, et ça c'est derrière nous. Affamée de contes initiatiques, ceux qui retracent la fabrique des personnalités comme fruit du combat ordinaire et somme des amours, elle veut connaître la fin du roman d'Alexis. Elle ne va pas l'inventer. Il lui manque un chapitre, vous voyez lequel.

— Ma mère ?

Il ne demande pas un chapitre à quoi, il devrait.

Mais qu'est-ce qu'ils ont tous avec leur mère. Sa mère on a fait le tour, Aurore est déjà bien documentée. Quand Alexis avait treize ans, papa est parti alors que maman espérait qu'il commence à l'aimer, c'est moche mais c'est limpide. Odile a continué seule sans qu'Alexis puisse percevoir le début du son d'une plainte, elle a vécu presque distraitement, comme exerçant une vie secondaire le temps d'un délai entre le souvenir tenace de ce qui n'a pas eu lieu et l'avènement de sa réapparition. C'est ça ?

C'est ça. Il n'aurait pas mieux dit.

Il perçoit enfin ce qu'elle ne cache d'ailleurs pas : davantage qu'un amour elle cherche un récit.

— L'autre chose, c'est vrai ?

— Ah, ça.

— Oui ça.

— Bien sûr c'est vrai.

C'est avec les hommes qu'il a appris à avoir un corps et avec eux qu'il s'en est souvenu. Adolescent déjà le contact des siens, dans l'exercice, dans la fête et plus rarement dans la baston provoquait un relâchement pulsionnel unique, un frémissement des nerfs long à mourir en lui. En y songeant plus tard, il avait mis cela au compte des rapports fusionnels qu'encouragent les fraternités par adoration des idéaux virils. En d'autres termes, il avait supposé ses sens victimes du patriarcat. Et puis il aimait les femmes – c'est-à-dire qu'il aimait le concours brusque et élémentaire entre hommes qui précédait le ravissement des plus dotées d'entre elles. Il offrait à ses deux passions, le classement et la chair, une double surface d'expression et une chronologie des temps dont il appréciait la rigueur et la proximité. Gagner, jouir. Entre les deux, rien. Des paroles.

L'âge venant il avait cherché des plaisirs plus aigus, plus violents. Moins de méthode et plus de sensations. La proximité presque annulée, entre les deux temps, entre gagner et jouir, et bientôt leur confusion, il n'avait trouvé cela qu'avec les siens.

Elle dit racontez-moi, c'était où ? C'était quoi ? C'était qui ?

Non.

De ses amours masculines il ne dira rien, de ses amours mixtes rassemblées dans des lieux voués à l'effacement des identités, rien non plus. Les anonymes s'en chargent. On en parle à table chez les braves gens qui pensent, qui savent que hors de l'enfer on ne fait l'amour qu'à deux.

Dommage. Elle voulait sa voix de répertoire classique décrivant des verges sans visage, des sexes de femmes découpant les ténèbres d'une cave parisienne au pochoir de leur anatomie crue.

— Vous trouvez ça dégueulasse ? s'égare-t-il.

Elle trouve que ça colle. Les héros de western partagent avec les héros mythologiques que leur supervirilité s'auréole d'homosexualité. Sur l'Olympe comme à l'Ouest, le triomphe du masculin suppose toujours un instant de nécessaire féminité. Achille se déguise en femme et se fond au nom d'un foireux impératif stratégique parmi les filles de Lycomède, quand il ne fait pas l'amour avec son cousin Patrocle. Apollon enchaîne les amants, Zeus enlève l'irrésistible Ganymède et Hermès, lui-même fou des hommes comme des femmes, enfante un dieu androgyne. Et de John Wayne à Joaquin Phoenix, tous les grands rôles chevauchent aux côtés d'un frère, un second lié au premier à la vie à la mort par une tendresse bizarre renversée en silence. Elle pense que chez Alexis tout s'accorde si parfaitement au mythe que c'est réconfortant.

— Action ou vérité ? demande-t-il à son tour, espérant l'action et l'union des corps adverses.

Ça commence à bien faire, à ne pas être tout à fait humain, tant de résistance.

— Vérité, murmure Aurore tranquille, certaine qu'il n'allait pas demander si on l'aimait, qu'il n'osera plus avant un moment prétendre à la réponse.

— Pourquoi vous m'aimez, Aurore ?

La vache, songea-t-elle.

Pourquoi vous m'aimez Aurore, ni plus ni moins. Comme elle ne répondait pas, il prétendit que c'était là une question générale, pourquoi l'aimait-elle au titre des hommes *en général*. Parmi toutes les cases, étiquettes et typologies que mobilise Alexis pour conjurer le féminin, il connaît trois catégories dans lesquelles les femmes selon lui se partagent très inégalement. Un tiers d'entre elles savent qu'elles sont des femmes et qu'elles participent de fait à quelque chose d'énorme et d'incertain. Celles-ci regardent les hommes avec intérêt, espoir ou méfiance. Deux tiers d'entre elles, d'être des femmes, s'en foutent pour un tas de raisons. Elles regardent les hommes en passant. Aurore faisait partie d'une troisième et déclinante catégorie, sans réalité tapageuse et presque éteinte en ville, pensait-il. Les clémentes. Elles regardent les hommes comme si c'était pas grave.

— Et donc ?

Et donc cette pathologique clémence, d'où on la sort, d'où ça vient. Il cherche, il ne comprend pas.

— C'est normal, dit-elle, c'est religieux.

Alexis, à l'instar de Dom Juan, pense que la religion fout la merde partout où elle passe, alors ça l'étonne. Il comprend encore moins.

C'est normal aussi. Que saurait-il, Alexis, des petites filles comme elles, grandies en silence à l'ombre des clochers, et dans les aubes rapiécées des cousines, la Vierge en or autour du cou ? Il ne sait rien des messes, des offices, de l'haleine des apprenties communiantes le matin dans les retraites de Pâques, le parfum des prêtres dans le confessionnal. La myrrhe, la cire et la poussière. Il ne sait rien des confirmations dans l'aube trop courte qui montre au Seigneur les socquettes neuves ou même, chez les ploucs qui n'avaient que ça de blanc, les chaussons de gymnastique.

Il ne sait rien des images sur les murs des chambres des petites filles, rien des menaces pesant très tôt sur leurs gestes, leurs mots à peine appris et sur leurs rondes que Jésus regarde. Celui qui laisse venir à lui tous les enfants mais surtout les bien élevés.

Il ne sait rien du corps des petites filles ni d'où partent, à genoux sur les oreillers, les prières pour demander ou pour s'offrir. D'abord de la tête, qui récite et parle à un Dieu parent. Et puis très vite, au rythme des communions, les prières partent de cœur qui croit, qui aime Marie. Après elles partent du ventre, du sexe qui s'ignore de moins en moins et qui veut quelque chose dont on ne parle pas aux mères.

À ce moment-là, les petites filles n'adressent plus leurs prières à la Vierge mais à Jésus. Elles chuchotent dans le noir aide-moi Seigneur, étonnées de sentir pour la première fois en elles, dans l'estomac, le frémissement d'une foi qui devrait siéger plus haut, d'entendre quand elles prononcent « Seigneur » qu'un Seigneur les cherche depuis longtemps. Et non, pour la fille, ce n'est pas confondre, c'est enfin croire parce que c'est ça, la foi. Une représentation qui soudain s'éprouve. La petite fille conclut qu'être chrétienne passe par la peau. En attendant elle garde le secret : un homme, le Christ tout simplement, leur pardonne de supplier pour le plaisir. Elles répètent tous les soirs aide-moi Seigneur, donne-le-moi, ajoutant un prénom du collège, Nicolas, Paul, Anthony, Xavier, Marwan. L'assurance qu'elles y gagnent se verra dès le lendemain matin sur leurs vêtements, de plus en plus rares et plus courts, pour frôler sûres d'elles les garçons à l'image du Seigneur.

Mais encore ? la retient Alexis. Rien de cela ne lui explique ce qu'il prend pour de la bonté. Expliquez mieux. Il paierait son siège pour l'entendre encore, du côté docile et attentif du spectacle. Et c'est une sensation rarissime chez Alexis, ce n'est pas sa place.

Elle rit, Aurore, en tentant d'exposer à Alexis la vérité sur les catholiques de naissance, le Christ dans la peau. Il pense comme tout le monde que ce sont des livres, de l'histoire de France. Il ne sait pas que cela existe, que cela continue chaque fois, chaque fille en blanc, en chaque lieu sur Terre où résiste une église, ce n'est pas le Père qui fait loi. C'est le Fils.

Elle n'a jamais ni insulté la face d'un homme ni porté atteinte à son visage. On lui a dit un visage d'homme c'est le visage du Christ. On le lui a dit trop tôt pour qu'elle en puisse faire aujourd'hui un mensonge. Et elle ajoute ce qu'on dit à propos des faits ridicules, respectables et nécessaires.

— C'est comme ça.

Il la trouve très sûre d'elle, trop. Il pense qu'elle a réfléchi comme toutes les femmes à ce qui la disposait, parmi tous les conditionnements possibles, à se laisser maltraiter et à revenir. Et qu'elle a préféré penser que voilà, c'était chrétien.

— Plutôt que ?

— Faible ?

— Connard.

Ah tout de même. Cela tardait.

Elle ajoute pour finir, pour avoir tout dit, n'avoir jamais attendu des hommes que l'imprononçable, qu'une parole qui n'est même pas une promesse mais une drogue.

— « Je t'aime » ? suppose Alexis qui s'étrangle à la fin, surpris par sa propre voix.
— « Je reviendrai ».

Oui. La phrase que le Christ partage avec Dom Juan.

Après elle pense pouvoir le laisser comme ça. Elle veut monter dormir avec son désir toujours plus calme d'être mué en enquête et en phrases. Bonne nuit. Elle le laisse partager avec elle un plaisir salé, envahissant, qu'elle connaît mieux que sa maison : l'attente. Les cervicales douloureuses et le crâne effervescent, mains irritant les chairs. Elle pense qu'ils tiendront une nuit blanche de part et d'autre dans les draps brodés de Sabine, rêches d'humeurs.

Mais elle ne dort pas, elle écrit.

Elle est descendue vers le milieu de la nuit, a traversé le noir pour rejoindre la grange, a ouvert. Il était dans l'obscurité, une obscurité que la lumière faiblarde d'une veilleuse solaire diminuait assez pour deviner les corps et les objets. Il était debout en face de rien, en face du mur, et parlait à voix haute, son corps tremblant comme une voile.

Elle n'a pas compris un mot de ce qu'il bafouillait, presque sans voix, sans timbre. Elle a hésité à traverser, voulait saisir la voile pour en arrêter le tremblement. Il lui aurait ouvert ses bras, John Wayne étreignant Natalie Wood, pour ce plan classiciste par lequel les plus grands westerns révèlent leur objet : une quête démesurée, insatisfaite, qui ne découvre ce qu'elle cherche, l'amour et la tranquillité, qu'au bord de la démence.

Mais elle a pensé que peut-être il priait dans sa religion à lui, qu'elle reviendrait demain. Elle s'est retirée, tout désir éteint, la chair soudain glacée.

Le sadisme et la beauté du western tiennent dans ce système qui doit toujours promettre la paix pour mieux la refuser.

Aurore ne reçut aucune nouvelle d'Alexis.

– T'es amoureuse ? s'enquit une seule fois Cosma qui allait sur ses huit ans.

Oui puisqu'elle attendait, de nouveau.

Elle donna forme à l'attente, la transfigura dans le travail. Emmanuel, qui pouvait vérifier le temps que passait Aurore devant l'écran, se réjouissait de ces heures vouées au traitement de texte et se déclarait impatient de découvrir le rapport annuel, historiquement chiadé de toute évidence. De nouveau, elle ne voyait personne, sinon son fils. Cosma la regardait sourire, connaître un apaisement étrange à travailler. Elle ne parlait plus du jardin, ne s'épuisait plus de sa main nucléaire à faire sortir de terre des variétés menacées. Si l'on ne voyait pas concrètement ce qu'Aurore faisait grandir à défaut de végétaux, cela prenait une place folle. Elle partait longtemps marcher, parlait peu, dormait bien et se levait tôt pour s'asseoir à sa table.

Cosma a songé que cet homme, avant de s'effacer, avait laissé quelque chose de bien plus dense qu'une compagnie. Une occupation.

Il est 22 h 45 et le procureur est encore à son bureau. La pile des plaintes où contrastent les teintes de pochettes cartonnées ne le désespère plus. Il prendra à la fin du mois une retraite soulagée et s'est promis de laisser la pile au plus bas niveau.

Il étudie depuis quarante-cinq minutes celle pour violence morale et non-assistance à personne en danger qui concerne ce comédien formidable. Le procureur en charge l'a fortement apprécié en Richard III l'année dernière mais il a oublié, à son âge on commence à oublier des choses. Son jugement devra donc être affecté par d'autres émotions. Par exemple, à la rigueur, les politiques pénales en cours : l'enquête est recommandée systématiquement en cas de violences faites aux femmes. Aussi le procureur, rongeant méthodiquement sa pile, a depuis ce matin saisi huit fois la police sur six cas d'agressions sexuelles et deux pour coups et blessures. Quoi d'autre pour soutenir son absence de certitude ? L'avis du procureur général, qu'il pourrait requérir. C'est facile et c'est surtout très conseillé à propos des personnalités exposées, des sujets délicats. Le procureur en charge y songe, mais pas sérieusement. Ce serait là un réflexe de jeune type par trop certain de son intuition et soucieux de la progression de sa carrière, et, en ce qui le concerne, parfaitement anachronique.

Il se saisit d'un formulaire à en-tête du parquet du tribunal judiciaire de Paris. L'acte qu'il s'agit d'estampiller énumère trois possibilités. Déférer le dossier au BDE (bureau des enquêtes) et transmettre les éléments du dossier à la police judiciaire. Poursuivre autrement la procédure en s'en dessaisissant au profit d'un autre service ou suggérer une alternative aux poursuites, en général le stage de citoyenneté, dès lors que l'optimiste formule du rappel à la loi n'existe plus. Enfin, classer le dossier sans suite pour défaut d'éléments justifiant le coût d'une enquête. Il y a des cases, il s'agit de mettre une croix là ou là.

Le procureur en charge se laissera porter par sa seule interprétation des pièces du dossier, par ce qu'il voit de son temps, ce qu'il en a vu, ce qu'il espère en matière de destinée pour la justice en son pays, certaines convictions quant à la manière de pacifier la société et enfin une pointe d'agacement envers les positions affichées par la chancellerie. Le procureur appliqua une croix dans la dernière case à gauche, la plus petite en face de « pour classement sans suite », signa et appela madame.

Quelque part vers Michel-Ange-Molitor une femme qu'il avait épousée trente-cinq ans plus tôt répondait qu'elle ne l'avait pas attendu pour dîner, non, mais c'était chaud. Elle se tenait éveillée pour l'accueillir. Il répondit un « merci » assorti d'un surnom intensément tendre et ridicule. Il éteignit son bureau.

À l'Est, la disparition d'Alexis signalée par Olivia engendrait toujours davantage de légendes. Oui la justice était passée et alors ? La foule repasserait aussi longtemps qu'elle voudrait. On considéra, absence de suites ou pas, qu'il s'agissait d'un aveu. Si constant dans sa fuite, Dom Juan avouait qu'il n'avait pas le seul esprit de Chloé à ses trousses mais sûrement une cohorte de statues. Sinon pourquoi irait-il se jeter aux confins du monde intelligible. Certains indécrottables romantiques se plurent à imaginer qu'Alexis était parti rejoindre les combattantes kurdes, dans le même esprit de sanctification qu'il avait fait laisser Dom Juan à Elvire. N'importe quoi, opposaient d'autres, le combat démocratique n'était pas la place d'une merde, il fallait pour cela du cran et une formation d'artillerie qui ne s'apprenait pas en jouant d'Artagnan. Il devait être planqué chez sa mère.

L'hypothèse est bonne. Le fils de l'homme n'est pas compliqué, il finit toujours en bout de course par retourner dans un ventre, aux abords des draps ou des jupes qui tomberont sur lui comme des rideaux. Aussi le trouverait-on, si on le cherchait vraiment, au fond d'un théâtre.

Voici près d'une semaine qu'Alexis occupe la chaufferie du théâtre qui ne l'attendait plus. Il est entré par le sous-sol – il avait conservé un passe magnétique. La chaufferie est un vaste endroit sec et quasiment confortable situé au niveau inférieur, sous le plateau, personne n'y vient jamais ou presque. Alexis entend les pas des comédiens aller chaque soir se plier au rite du spectacle. Il ne distingue pas ce qu'ils disent. Dans la journée, avant l'irruption de la troupe pour les réglages, il inspecte les loges ouvertes et rassemble ce qu'il peut trouver de comestible, souvent des barres de céréales ou des bananes. Il n'ose pas se nourrir au foyer, effectuer des carottages trop voyants dans les frigos. Dans l'ensemble ça va. Il dort peu mais le souvenir gazeux de Chloé ne vient pas le visiter ici.

Hier, dans le plein de la représentation, il s'est risqué aux abords de la scène. Il a trouvé Elvire étonnante, il s'est félicité. Il a soudain failli crever d'envie.

Il a pensé, très surpris, si je suis jaloux je suis vivant.

Une semaine c'est long et bientôt plus personne ne laisse traîner des barres de céréales dans les loges puisque manifestement elles disparaissent. Alexis entend des voix, et pas celles des morts. Il entend la voix d'Aurore, continue, constante, humaine, bien pire que le vent dans les sapins de l'Est qui, enfant, le rendait sourd à tout. Il a renoncé à la faire taire. Avec le manque qui le prend, il meurt de faim deux fois et veut doublement vivre, tout compte fait.

Un matin, scrutant sa grise et propre face dans le miroir des toilettes, Alexis admet que cette vie étique de fantôme de l'Opéra peut prendre fin.

Aurore. Elle retrouve Paris, enfin à la bonne distance, quand Paris n'est plus un défi, juste un tableau. Une distance idéale, pas passionnée sans en avoir tout à fait rien à foutre. La distance du spectateur en somme.

Alors, tandis que Cosma épuise avec son père une demi-douzaine de tickets de manège sur le carrousel des Tuileries, elle s'essaie à la décrire, la ville. La verticale, la très sérieuse, désormais étrangère. Elle cherche un verbe pour le chahut, pour la jeunesse crispée des soldats du combat ordinaire à vélo, la longueur impatiente de leur file, les insultes à bout portant, les enculés retournés en fils de pute avec la rapidité du courant alternatif. Un chiffre pour le prix des chambres, du mètre carré, constance et placidité de sa nature inflationniste, prix aux cent grammes des céréales, des farines, des lessives en paillettes servies en sachets coton zéro déchet, nombre des laboratoires, des bornes de test avec résultats disponibles en deux minutes, nombre de cliniques du regard, du visage, du cheveu, tous les cinquante mètres l'explosion du marché de la santé à la gueule des sans-mutuelle. Un adjectif pour l'horizon rose que découpent les altitudes délavées d'Orsay. Pour l'aérien. Pour survoler La Plaine-Saint-Denis, les volumes vides et sans destinée connue des constructions des JO retardées de 2024, les immeubles et les pavillons si parfaitement fidèles à l'esthétique du casier, les hangars à bouffe, à matériaux de rénovation, à lots, succursales de la France de la moyenne gamme en tout, qui entrera bientôt dans Paris au prix du péage de l'A8. Pour la géométrie, pour ce souci de rigueur dans l'alignement des tentes rive droite, à l'ordonnée du triomphe resté beige des immeubles haussmanniens à l'intérieur desquels la hauteur testimoniale des plafonds pâtissiers déçoit, pour plus si cher que ça la nuit, les touristes des banlieues. Pour les tentes encore, le long du canal épaissi par les hydrocarbures, leur poignante usure de parachutes écrasés, décrire les chrétiens blancs dessous, mal habitués à l'horreur, l'indifférence à peu près collective, le général replié sur l'urgence du besoin élémentaire. Respirer, manger, durer, tout reflet du scandale éteint dans les yeux des soldats à vélo, en dépit des fils de pute enculés alternatifs. Et la variété de leurs mobiles, aux soldats, pour consentir à tout cela. Alors pourquoi Paris manque à tout le monde ? Sauf à elle, bien sûr, sauf à elle.

Mais encore une heure à prendre des rues pavées et des boissons chaudes, à s'abriter d'une averse dans une église, quand elle franchira les portes dorées du théâtre, Paris, la collante, l'injurieuse, l'aura regagnée. C'est désespérant.

On la retrouve au centre des mille sièges rouges, assise au troisième rang, son fils à sa droite. Ce soir c'est la dernière du *Dom Juan*.

À l'écran l'image du désert et des montagnes, la troupe à son meilleur, épuisée et galvanisée par le finale. L'ancienne Elvire a perdu huit kilos pour le rôle de sa vie, elle est athlétique. Toute vêtue de cuir noir, combinaison laquée intégrale, le visage encadré par une sorte de coiffe, c'est une créature antagoniste, un peu nonne, un peu SM, un peu SF, qui projette sur tous les autres le sombre éclat d'un Dom Juan mince et furieux. Nous sommes à l'acte V, Dom Juan n'a plus qu'un moment à pouvoir profiter de la miséricorde du ciel et s'il ne se repent ici sa perte est résolue. On connaît la suite, il va bientôt mourir. À genoux, il allume en parlant de derniers vains contre-feux, tandis que la probité tire de partout sous forme de spectre, de foule et de valets.

SGANARELLE : *Ah ! monsieur c'est un spectre, je le reconnais au marcher !*

DOM JUAN : *Spectre, fantôme ou diable je veux voir ce que c'est !* ricane la gaulure casquée, tandis que le spectre lui montre placidement son étoile de shérif.

Sganarelle : *Ô ciel, voyez-vous ?*

— C'est bon, c'est d'accord.

Sganarelle sursaute. Comment ça « c'est d'accord » ? La suite du texte est *Rien n'est capable de m'imprimer de la terreur.* Il a sursauté avec une authenticité, une vivacité qui surprend chez un acteur aussi lourd. C'est qu'il ne joue pas. Alexis est au bord du plateau, invisible de la salle. Barbu, pas hostile, objectivement sale.

Dom Juan/Alexis
(s'avançant)
D'accord. Je m'en vais.

Émoi, frémissement, murmures et murmures de tissus. On s'interroge quant à la réalité de cette apparition, accident ou mise en scène. On s'attend au retour immédiat de la lumière, à ce qu'une voix administrative éclate dans les haut-parleurs, présentant ses regrets pour l'incident, annonce un entracte le temps de réunir les conditions du spectacle, le vrai. L'un des sapeurs-pompiers qu'on sait stagner quelque part dans la fosse se saisira bientôt de l'apparition par le bras et, sur le plateau, le Commandeur finira sa soupe en face du·de la libertin·e, comme prévu.

Mais nulle saisie au corps et la salle demeure plongée dans le noir, code impérieux du spectacle, décret de sa poursuite. Qu'est-ce qu'il fout là, Alexis Zagner, il n'a pas le droit.

Il obéit au genre, imperturbablement. L'affrontement final est une telle institution qu'il serait impossible d'y surseoir, tout effacé soit-on. Pas de western sans que vers la fin le réprouvé et son adversaire s'avancent mythiquement l'un vers l'autre dans un espace fermé par la roche, par les murs ou par les clôtures. Le duel est souvent la seule issue d'une situation sentimentale confuse qui lie les opposants – amitié ambiguë, troubles muets, estime bafouée. Bref, Alexis vient une dernière fois dans les oripeaux de Dom Juan se tenir devant la statue du Commandeur qui n'était pas celle que l'on croyait.

Le public.

L'ordre social émotif, critique et ombrageux, assis en rangs serrés qui aime ou qui n'aime pas.

DOM JUAN/ALEXIS
Je suis fatigué, ça tombe bien.

Silence. Sganarelle n'a pas été prévenu. On le prend décidément pour un con. Alexis, lui récupère chaque seconde son assurance, attaqué par l'increvable joie que diffuse en lui le plateau. Sganarelle se prépare à en sortir, idéalement dans un nerveux cliquetis d'éperons, peut-être en claquant les battants de la porte qui n'ouvre sur rien. Mais à cet instant il doit recevoir un signe, du metteur en scène ou de sa conscience de comédien, lui rappelant qu'un silence de cinquante secondes ça n'existe pas dans le théâtre à l'italienne.

SGANARELLE
Vous aussi ? Quelle raison à votre soudaine présence ? Pensez-vous qu'on la souhaite ?

DOM JUAN/ALEXIS
(étudiant un placement plus avantageux)
Ben évidemment. C'est toute la schizophrénie de votre époque.

SGANARELLE
Sortez, monsieur.

Plutôt pas. Alexis a trouvé une place, à jardin, un spot veut l'y rejoindre, une lumière blanche et coupante comme l'a souhaité le metteur en scène. Un signe d'Alexis et le spot se déplace au centre, découpant dans le noir un cercle blanc, en retrait duquel il disparaît.

— Je sors, mon ami. Je suis déjà sorti, un pied dans le temps des damnés, je m'efface. Mais j'ai encore quelque chose à dire et quelqu'un à trahir. Molière.

Il veut dire qu'il va s'expliquer, peut-être même se défendre, quand la créature de Molière, désespérément arrogante, se limite depuis quatre siècles à tendre la main à sa propre perte, avant de disparaître.

Les trois comédiens présents sur le plateau se retirent d'un seul mouvement. Ils diront plus tard le regretter, ils n'avaient pas de pistolet sur la tempe après tout. Simplement, dira Elvire, le public commandeur semblait leur commander de le rejoindre, venir avec lui assister à la fin du Dom, comme si tout le reste n'était plus que gesticulations et préambules.

Le public, parlons-en. Il n'est à l'instant que soif et tension, il sait enfin pourquoi il s'abonne et ce qu'il attendait ici depuis des siècles : l'accident. Alexis fait trois pas vers le quatrième mur, plonge son regard vers le noir de la salle, vers les regards qu'on ne croise jamais, les corps invisibles. Les épaules ployant vers le bas, comme lourdes du poids de quatre cents ans sur Terre.

— Je m'en vais, fatigué de commettre une fois par jour le seul crime dont je m'avoue coupable. La répétition. J'ai tout répété de l'amour et à tout le monde. Je n'ai pas écrit des lettres, je les ai réécrites. J'ai mal partout, cher public. Je n'ai rien dit de beau et de vrai qui ne fût redit. Je suis la chambre d'échos de mes propres serments, menteurs et usés.

Aux plus malignes qui me voyaient venir, celles qui craignaient que je refasse, j'ai refait croire que je ne refaisais pas. Trente ans, putain, trente ans que je retrouve les mêmes femmes ou presque dans les mêmes châteaux de la vallée de la Chevreuse, les mêmes chambres et leur papier peint reproduisant le même motif. Dans cette errance tout se répète, jusqu'à l'exceptionnel qui finit par revenir, tous les trois ans. Les différences, les contrastes. D'une femme à l'autre, alors qu'on s'enchante d'une nuance on se souvient très vite qu'on la connaît. Simplement d'un autre pays, sous une autre lumière. Les phénomènes les plus soudains recommencent, les plus biologiques deviennent mécaniques. Plaignez-moi. Je suis Dom Juan qui répète avec méthode le désordre de sa chair et qui les yeux fermés relance la contagion amoureuse comme une grippe saisonnière. Bien sûr, je fus parfois comblé. J'ai été amoureux et souvent content. C'est d'ailleurs le moment le plus répété que celui où il ne faudrait plus rien refaire, rien redire. Mais ce moment où l'on sait qu'on ne repassera par le même fleuve, même lui, il passe. On refera le chemin, le discours et les rêves archiconnus et la répétition de s'engendrer elle-même, jusqu'au dégoût qui arrive comme une bénédiction. Une bénédiction ? Allons. Le dégoût c'est l'abstinence, et l'abstinence c'est l'interdit. Or l'interdit dure tant qu'il parvient à me montrer mieux mon désir suivant et me faire ainsi, pourtant écœuré, reprendre goût.

L'horreur. Sisyphe poussant un rocher poisseux qui n'est plus que lui-même. L'interdit ne sert qu'à replonger, tous les toxicos vous le diront. Alors ça recommence dans la stricte définition de l'enfer, à savoir l'impossibilité du répit. Vous ne me plaindrez pas, je sais. Personne ne plaint l'hôte d'un enfer qu'il a choisi. Et puis je vous entends : je me plains par complaisance, pour vous séduire, je suis Dom Juan. En vérité je répétais l'amour comme je répétais au théâtre. Pour en vivre. Comme vous, comme toi, toi, comme toi, là, qui regardes ailleurs, je ne veux pas mourir et rien n'est plus vital que la reprise, rien ne retarde davantage le déclin que recommencer. J'ai toujours conjuré l'idée de ma fin en organisant des débuts, en les jouant avec la sincérité totale dont seuls les comédiens sont capables, croyez-moi. J'ai pas fini, vous bâillerez plus tard. Je sais bien ce que j'incarne. Et moi qui niait Dieu pour faire chier, je me rends à ses images : j'emporte sur mon dos, dans le désert, les crimes du siècle. La baise sans abonnement, la grande gueule, le tort inouï fait aux femmes depuis la nuit des temps et même le reste si vous voulez. L'horreur coloniale française, les essais nucléaires, l'arnaque à la taxe carbone, je m'en fous, je m'en vais.

Écoutez
de Dom Juan
la fin s'entend
à ne plus pouvoir en placer une
à la question pourquoi

moi
pourquoi maintenant
et comme ça
en retrait du vacarme
déjà le temps répond
qu'importe.
Du théâtre suicidé
et toujours suicidaire
ne me poussez plus
je sors, usé,
retournez qu'on en finisse
ma peau obscène et tatouée
de prénoms
en légende
ou en sac à main.
Ni à plus tard, public,
ni à demain
j'étais juste
rien ou la somme
bicéphale
de l'amour et d'un animal
de peu de chair,
un homme fou
du désir de parler,
celui qui promettait
la lune
se tait.
Je ne regrette rien
de l'été
de Paris

d’avoir perdu ou possédé
puisque dehors
c’est terminé
dos à la mer qui monte
obstinée
noire de monde
le fils de l’Homme
décompte au mieux
le temps qu’il reste
mort de honte.

Sur quoi il laissa enfin se prolonger un silence, le premier.

En face on ravala sa salive.

— Voilà pour Dom Juan, prononça-t-il plus bas.
Il allait désormais parler en son nom. Si Dom Juan acceptait à quelques variations près sa trajectoire de damné, Alexis Zagner souffrait d’une assez emmerdante envie de vivre – disons de survivre à son propre effacement. J’ai rencontré quelqu’un, bafouilla-t-il d’une voix étranglée, avec l’air fautif et embarrassé de qui de toute éternité avoue la rencontre comme si c’était une tuile. Il avait rencontré quelqu’un auprès de qui lui était venue la certitude qu’il pouvait enfin inventer une version durable de lui-même, en accord avec la nature, avec l’autre comme exception. Un type écologique en somme qui cesserait de répéter et de refaire telle

une inoxydable pièce d'imprimerie. Enfin, il voulait être un homme et le contraire d'une créature. Il était venu là une dernière fois rendre l'uniforme de Dom Juan et implorer un oubli plus habitable que la malédiction sociale.

Le public, tous secteurs artistiques confondus, n'aime rien tant que l'aveu et la nudité. Paradoxalement, à l'heure de la vertu comme religion, l'impudeur paye autant qu'avant. Alexis rafla ainsi l'amour déraisonnable que la foule, même éduquée, nourrit pour les princes et pour les acteurs et que celle-ci, composée d'un gros tiers d'intellectuels, se torturait à retenir. On se soulagea. Dans un premier temps déboussolé, on applaudit comme des malades.

La gueule du début du siècle sortit comme d'habitude avec le dernier mot.

Le silence dura longtemps, bien après le retour de la lumière. Les rappels tinrent près d'une heure mais Dom Juan ne revint pas, Alexis non plus. Les bouquets arrivaient comme par erreur et faute de mieux aux pieds de l'ex-Elvire en cuir et de tous les autres pliés en deux, sans croire que ce triomphe était leur, dégoûtés. Il aura bien monté son coup, ce salopard, murmurait Dom Philippe, dents serrées sous les roses.

Vingt minutes plus tard dans l'entrée du théâtre et les cafés voisins et le lendemain dans les journaux, on hurlait à l'indécence, au cynisme. L'ordure était donc encore debout et, sous prétexte d'adieux, confisquait l'espace et les esprits, écrasait toujours de son impunité la juste colère des foules numériques qui avait eu la bonté de le laisser fuir. Il abusait une femme encore une fois, arrachant au vol à Elvire le rôle qu'il lui avait laissé, comme pour revenir aux choses sérieuses. Le cochon. Il est où, qu'on l'égorge. Et ça se permettait d'obtenir un silence de cathédrale, ça vous balançait des vers libres, ça se baladait. Ça ne crève donc jamais. Le théâtre fut attaqué par un certain nombre d'associations, le metteur en scène qui, dans la vieille et puante solidarité mâle, s'était prêté à ce cirque fut condamné par le milieu à ne plus travailler pendant trois ans avec sursis. Toutefois recrédité pour bonne conduite et creusant son sillon, il montait dix-huit mois plus tard *L'École des femmes*.

Une fois quitté le plateau, quitté le théâtre par la porte livraisons pour s'éviter le lynchage, une fois en plein air, Alexis se sentit à nouveau vivre. Libéré de ce truc visqueux et nocturne qui lui avait commandé de revenir sur scène, cette lueur molle qui s'imposait depuis quelque temps entre lui et le réel et qui devait s'appeler la conscience, il voyait mieux. Putain, c'est beau Paris, comment peut-on vivre ailleurs ?

Désormais, songeait-il, tout irait mieux. Il avait déjoué le mythe, sûrement parce qu'il était amoureux, tout prenait sens. La peur demeurait-elle ? Oui, un peu, voire beaucoup. Se constituer proie d'une femme qui écrivait valait, en termes d'effroi, deux fois le festin de pierre. Mais à cette peur nouvelle se mêlait un frisson, un printemps. C'est presque gai qu'il s'alla planquer à quelques mètres de la sortie publique afin de ne plus rater Aurore. Les spectateurs se dispersèrent jusqu'aux deux derniers qui hésitaient, piétinant sur le trottoir. Aurore et son fils. Puis Aurore traversa la rue, avertit Alexis qu'il était très mal caché et qu'un train de nuit partait dans quarante-cinq minutes pour Cahors. Oui c'est beau Paris, oui, vous faites comme vous voulez.

Pour leur nuit, il ne s'agit pas de trouver d'autres images, d'autres métaphores à usage unique pour dire l'exception d'une rencontre, parce que précisément ce qui se passe entre Aurore et Alexis arrive souvent. Arrive à chaque fois que des corps sourds, pris une seule fois dans le noir, se retrouvent pour se connaître à l'intérieur d'une histoire naissante. Cet événement-là est très courant, il advient cent fois par heure. Au bord de la route, dans des chambres, des bagnoles, en plein air. L'amour est endémique, il repousse n'importe où. On ne dit qu'il est rare que par bonté pour les manants et les secs, pour ceux qui n'ont rien sous la peau. En vérité il est partout, explosif ou rampant.

Les incendies c'est lui, la fin du monde c'est lui.

Aurore et Alexis se connaissent déjà, oui, mais ça ne compte pas, voire ça les éloigne. Ce précédent de juin, à présent que le récit a commencé, leur apparaît, à elle surtout, un rite brutal. Peut-être lui a-t-elle fait mal la première fois. À se faire encaisser au corps à corps le contraire de l'amour, parfois on se fait mal. En le précipitant d'un geste dans son sexe comme s'il n'était pas là, comme si c'était personne, peut-être sans le savoir l'a-t-elle atteint quelque part de sacré, en quelque endroit qu'il gardait pour lui. On ne sait jamais ce qu'on souille quand on avance sans regarder. Ils ne savent pas s'ils ne sont pas déjà victimes l'un de l'autre, ni ce qui va commencer. La réparation, la répétition ou vraiment l'amour. Ils sont timides et tendres, ils aimeraient dire un mot pour commencer à occuper leurs membres et la nuit devant eux, mais rien. La langue ne veut plus se laisser faire, une éternité qu'ils parlent, il faut que quelque chose d'enfin inculte, du moins plus odorant, plus texturé, prenne le relais des mots. Le regard ? Bien, le regard. Il n'a pas beaucoup servi après tout. Elle et lui se regardent et, Alexis du moins, on ne l'a jamais regardé comme ça. Il n'y a ni question, ni attente, ni supplique dans les yeux d'Aurore. Ce sont des yeux pour voir à travers, point. Elle l'embrasse là où elle peut et puis à la naissance du cou, et vers la nuque. Elle cherche quelque chose, une preuve. À la racine des cheveux, quand ils aiment, les hommes laissent échapper l'odeur d'une increvable et renversante adolescence. Tous. Au début l'odeur est douce, après l'amour elle est enivrante et disparaît. Aurore est sûre qu'un jour un fou, un Médicis, en a fait un parfum et qu'elle n'est pas toute seule à chavirer. Ça sent la terre, le sucre et la sueur, et bref, c'est ce qu'elle cherche pour commencer.

Je la trouve, l'adolescence d'Alexis qui me cueille, qui me pique et vient m'atteindre directement aux poumons et aux yeux. Éclat, petit orage. Je sais bien que ce choc me prépare à chaque fois à vouloir pour plus tard dans mes bras des hommes de plus en plus jeunes. Des vrais fils, pas des anciens garçons. Il parvient pour moi, maintenant, à devenir les deux.

Lui aussi doit chercher un parfum, dans la vasque qui se creuse à la gorge, d'où partent les clavicules et où scintille ma médaille. Et puis il pose à plat, plusieurs fois, ses mains sur les pleins de ma chair, le ventre, la gorge encore, les joues, les hanches et, en remuant les lèvres, ne dit pas quelque chose. Ce sont des mots inaudibles et très beaux. Puis, s'étreindre, se rejoindre attache après attache, épaules, coudes, poignets, et puis épaules, hanches, et puis fronts, clavicules, ventres, cuisses, sexes. Ébahis.

Cela dure longtemps, des sommeils courts entre les éveils pour s'y reprendre, des bains, du vin. Ébahis. De l'ancien verbe bayer, ouvrir. Les muscles, les bouches d'abord et puis tous les noirs du corps puisque tout s'ouvre, que je ne sais pas quand il part, que j'ai cette envie presque mortelle d'absolue confusion des épidermes et des idées, que je veux qu'il me prenne partout, partout où les pleins adhèrent aux parois d'un vide pour qu'il n'existe plus. La bouche, le ventre. Et mon cul dont je me souviens, avec un orgueil de fille, qu'il est joli. Dans ces bras-là, c'est simple, je suis plus belle qu'avant, et lui aussi.

Le lendemain matin, m'éveillant du faible sommeil qui est le mien, j'eus froid. J'éprouvai à mes côtés le vide habituel qui pourtant ce matin ne devait plus l'être.

Je descendis à l'étage, appelai, parcourus les pièces, le jardin, le causse alentour et même les bois, personne. Et dans la maison, à mon retour, personne. Sinon Cosma, petit et tranquille, qui regarde et comprend.

— Il reviendra ?

— Je ne sais pas, mon ange.

— Tu veux savoir ?

Il est monté dans sa chambre, en est bientôt descendu, entre ses mains la boîte en bois. Il a pris les pierres qui tenaient toutes dans un poing pour les jeter sur la table. Avalanche.

— Ça dit peut-être. En hiver.

— Recommence.

Jet de cailloux, fracas de dés trop lourds. C'est le son qui me plaît, surtout le son.

— Encore.

Charivari des caillasses, vrac de symboles. Comme dans la tête. Musique.

— Encore.

SOURCES DOCUMENTAIRES

Molière, *Dom Juan ou le Festin de pierre*, 1682.

Roland Barthes, *Fragments d'un discours amoureux*, Seuil, 1977 ; et *Le Discours amoureux : séminaire à l'École pratique des hautes études (1974-1976)*, Seuil, 2007.

Le Western : approches, mythologies, auteurs, acteurs, filmographie, collectif, Gallimard, 1993.

Denis Podalydès *Scènes de la vie d'acteur*, Seuil, 2006.

Cet ouvrage a été composé
par Soft Office
et achevé d'imprimer en France
par CPI BRODARD & TAUPIN (72200 La Flèche)
pour le compte des Éditions Stock
21, rue du Montparnasse, 75006 Paris
en septembre 2023

PAPIER CERTIFIÉ

Stock s'engage pour l'environnement en réduisant l'empreinte carbone de ses livres. Celle de cet exemplaire est de :
400 g éq. CO_2
Rendez-vous sur www.editions-stock-durable.fr

Imprimé en France

Dépôt légal : août 2023
N° d'édition : 03 - N° d'impression : 3054639
30-02-3087/4